KB062398

로크미디어가
유혹하는
재미있는 세상

ROK
MEDIA
로크미디어

만렙닥터
리턴즈

만렙 닥터 리턴즈 15

2023년 2월 13일 초판 1쇄 인쇄
2023년 2월 16일 초판 1쇄 발행

지은이 13월생
발행인 강준규

기획 이기헌 왕소현 박경무 강민구 조익현
책임편집 주현진
마케팅지원 이원선

발행처 (주)로크미디어
출판등록 2003년 3월 24일
주소 서울시 마포구 마포대로 45 일진빌딩 6층
Tel (02)3273-5135 **Fax** (02)3273-5134
홈페이지 rokmedia.com **E-mail** rokmedia@empas.com

ⓒ 13월생, 2022

값 9,000원

ISBN 979-11-408-0559-4 (15권)
ISBN 979-11-354-7400-2 04810 (세트)

Contents

두 명의 천사

소아 흉부외과 병동 휴게실.

"다은아, 이거 좀 먹어 봐. 약밥 좋아한다고 해서 만들어 봤어. 짜잔! 더불어 갈비찜까지! 약밥에 갈비찜이면 환상 궁합 아니니?"

"어후, 언니! 뭘 이런 걸 다 해 왔어요."

"언니가 그냥 먹으라면 좀 먹으면 안 되니? 너 어제 은진이 열나서 아무것도 못 먹었잖아?"

"그렇다고 이걸 만들어 왔어?? 손 많이 갈 텐데?"

"괜찮아! 식구들 먹을 거 만들면서 덤으로 만든 거니까, 신경 쓰지 마."

"고마워요, 언니!"

어느새 은진 엄마, 김다은의 눈 밑이 붉어져 있었다.

"우리 밥 굶지 말고, 힘내고, 희망 버리지 말자. 은진이도 찬우도 분명히 좋은 심장 받을 거야. 우리 그때까지 기운 빠지지 말고, 버텨 보자. 응? 어서 먹어."

찬우 엄마 한은숙이 김다은의 손에 젓가락을 쥐여 주었다.

"그래요! 우리 같이 힘내요. 그나저나 우리 은진이도 찬우처럼 잔병치레 좀 안 했으면 좋겠는데, 허구한 날 감기에 걸려서 걱정이에요."

"찬우는 사실 심장 말고는 워낙 건강한 체질이었어. 우리 찬우 태어날 때 몸무게가 얼마였는 줄 알아?"

"얼만데요?"

"4.2킬로그램! 큭큭큭, 우린 진짜 씨름 선수 시켜야 하나 했다! 심장만 아니었으면 아마 강호동처럼 됐을지도 모르지."

"어머! 진짜 우량아였구나? 어쩐지 우리 찬우는 항상 씩씩하고 밥도 잘 먹고 그러더라. 난 찬우가 너무너무 부러워요."

"에이, 부럽긴? 대신 우리 은진이는 미스코리아감이잖아? 눈 크지, 코 오뚝하지, 입술은 또 얼마나 앙증맞은데?"

"앙증맞지 않아도 좋으니까, 그 퍼런 기나 없어졌으면 좋겠네요."

하아아, 은진 엄마가 땅이 꺼져라 한숨을 내쉬었다.

"또또 그런다! 자꾸 그렇게 한숨만 내쉬면 복 달아나! 다은아! 우리 힘을 내자."

"그래요, 언니! 난 언니가 없어서 그런지 언니가 내 친언니 같아요. 아니, 친언니보다 더 좋아요. 언니 없었으면 나 못 버텼을 거야."

히잉, 김다은이 한은숙의 두 손을 꼬옥 움켜쥐었다.

"나도 마찬가지야. 우리 이렇게 만난 것도 인연인데, 서로 의지하면서 친자매처럼 지내자."

"네에, 언니!"

6살 동갑내기 은진이와 찬우, 두 아이 모두 선천성 심장병을 앓고 있었다.

은진이는 이 병원에 입원한 지 3년이 넘었고, 찬우는 2년 6개월 동안 입원과 퇴원을 반복하고 있었으니, 두 가족 다 정신적으로 피폐해져 있었다.

동병상련의 정 때문이었을까?

은진 엄마 김다은과 찬우 엄마 한은숙은 두 살 터울로, 그렇게 둘은 친자매 이상으로 친해졌다.

두 사람은 코노스(국립장기조직혈액관리원)에서 아이들에게 이식할 건강한 심장이 나오기만을 애타게 기다리고 있었다.

그렇게 서로 위로하며 찬우 엄마가 준비한 음식을 나눠 먹고 있는 사이, 연희병원 장기 이식 센터 코디네이터 양윤정이 휴게실 안으로 들어왔다.

"은진 어머님, 여기 계셨네요? 한참 동안 찾았어요."

"저요?"

"네네. 어? 찬우 어머님도 계셨네요."

양윤정 코디네이터가 밝은 표정으로 인사를 했다.

"네에, 코디님."

양 코디가 자신을 찾는다는 것만으로도 가슴이 설레는 일이었다. 대답하는 은진 엄마의 목소리가 미세하게 떨리는 듯했다.

"어제 우리 찬우가 저 먹으라고 이거 줬는데, 아까워서 이렇게 고이 모시고 다녀요."

양윤정 코디가 커다란 막대 사탕을 자랑스럽게 내보였다.

"어머? 그거 자기가 다 먹었다고 하더니, 응큼하게 양 코디님 줬구나?"

"호호호, 그런가요? 녀석이 자기는 먹었다고 주던데…….하여간 우리 찬우는 사근사근 애교가 많아서 나중에 여자들한테 인기 만점일 것 같아요."

"호호호, 맞아요. 제가 봐도 우리 찬우는 애교 만점이에요. 그나저나 은진 엄마한테 할 얘기가 있다고 하셨던 것 같은데…….."

찬우 엄마 역시, 뭔가 눈치를 챈 모양이었다.

"맞다! 내 정신 좀 봐. 은진 어머님! 시간 괜찮으시면 저 잠시만 봬요."

양 코디가 손짓하며 은진 엄마를 불렀다.

"네. 아, 알았어요."

뭔가를 예측했는지, 은진 엄마와 찬우 엄마가 반사적으로 서로를 응시했다.

"다녀와."

"알았어요."

손을 내저으며 나가 보라는 신호를 보내는 찬우 엄마. 그에 화답하며 은진 엄마가 상기된 얼굴로 고개를 끄덕였다.

잠시 후.

"언니! 언니! 우, 우리 은진이…… 흑흑흑, 심장이 나왔대요!"

얼마나 좋았는지 은진 엄마가 방방 뛰며 휴게실 안으로 들어왔다.

"축해해! 저, 정말 잘됐다. 정말!!"

이미 예상하고 있었는지, 찬우 엄마도 그녀의 손을 잡고 기뻐했다.

"흑흑흑, 이, 이제 우리 은진이 살았어요. 나, 지금도 가슴이 떨려요. 이게 꿈인지 생신지!"

흥분한 은진 엄마의 목이 메어 있었다.

"다은아! 내가 꼬집어 줄까? 꿈인지 아닌지?"

"아뇨, 아뇨. 꿈이라면 깨지 않았으면 좋겠어요!"

"후후후, 꿈 아니니까 아무 걱정 마. 정말 잘됐다. 잘됐어!"

자기 일처럼 기뻐해 주는 찬우 엄마였지만, 그런 환한 표정 속에 아쉬움이 묻어 있었다. 은진 엄마는 그 작은 변화를 놓치지 않았다.

"언니, 찬우도 곧 나올 거예요. 심장!"

"어? 어……. 그렇겠지. 우리 찬우는 괜찮아. 지금도 씩씩하고 밝은데 뭐."

찬우 엄마가 애써 담담한 표정을 지었다.

"언니……. 제, 제가 너무 제 생각만 했어요. 미안해요."

은진 엄마가 민망한 듯, 얼굴을 붉혔다.

"아냐, 아냐. 무슨 그런 소릴 해? 우리 찬우도 곧 나오겠지. 다은아, 괜찮아."

"네, 언니."

"그나저나 너 지금 이러고 있을 때가 아니잖아? 얼른 은진이 아빠한테 알려 줘야지?"

"맞네요! 나 은진 아빠한테 전화 좀 할게요. 어머? 내 핸드폰이 어딨지?"

은진 엄마가 주변을 두리번거리며 핸드폰을 찾았다.

"너 충전한다고 병실에 두고 왔잖아."

"아! 맞다! 내 정신 좀 봐. 언니, 나 먼저 가 볼게요?"

"그래, 얼른 가 봐. 은진 아빠가 엄청 좋아하겠다."

"네네, 그럼 이따가 봐요. 언니!"

은진 엄마가 들고 있던 숟가락을 내려놓으며 정신없이 휴게실을 뛰쳐나갔다.

"추, 축하해. 다은아!"

그런 그녀의 뒷모습을 물끄러미 쳐다보는 찬우 엄마.

흑흑흑흑흑흑.

우적우적, 찬우 엄마가 약밥 한 덩어리를 집어 들어 입 속에 집어넣더니 하염없이 눈물을 떨어뜨렸다.

❤

소아 흉부외과 병동.

코노스를 통해 은진이의 심장이 나왔다는 반가운 소식이 전해지자, 활기를 되찾은 소아 흉부외과 병동.

김윤찬은 은진이의 상태를 확인하기 위해 병실을 찾아왔다.

"우리 은진이 숨소리 좀 들어 볼까?"

"……."

엄마의 눈치를 보며 몸을 움츠리는 녀석. 조금은 창피한 모양이었다.

"호호호, 은진아, 괜찮아! 교수님이 우리 은진이 심장 소리가 어떤가 들어 보고 싶어서 그러시는 거야."

얼굴은 수척해 보이지만, 표정만큼은 한없이 밝아 보이는 은진 엄마였다.

"은진아! 선생님 눈 감았어. 아무것도 안 보이거든? 그러니까 한 번만 봐주라, 응?"

김윤찬이 공중에 손을 휘저으며 눈을 감았다.

"진짜요? 절대로 눈 뜨면 안 돼요?"

그 모습에 은진이가 김윤찬의 눈앞에서 손을 흔들어 보였다.

"그럼, 그럼! 선생님 아무것도 안 보여."

"헤헤헤, 알았어요."

그렇게 하고 나서야 은진이는 엄마가 상의를 들어 올리는 것을 허락했다.

"고마워! 선생님이 숨소리 좀 들을게?"

김윤찬은 은진의 가슴에 청진기를 대 보았다.

"은진아, 숨 한 번 크게 쉬어 볼래?"

"네에."

"어휴, 잘했네. 이번에는 내쉬어 보자?"

"선생님! 눈 꼭 감아야 해요!"

"그럼, 그럼! 지금 선생님 아무것도 안 보여!"

은진이가 경고하자 실눈을 뜨고 있던 김윤찬이 눈을 꼭 감았다.

"알았어요."

후우, 김윤찬이 시킨 대로 은진이가 숨을 내뱉었다.

"그러면 이번엔 뒤로 돌아 볼래?"

"네에."

그렇게 은진이의 숨소리를 듣던, 김윤찬의 표정에 잠시 어두운 그림자가 스쳐 지나가는 것 같았다.

"됐다! 우리 은진이 아주 잘하네? 내려도 돼."

"교수님, 우리 은진이 괜찮은 건가요?"

그 찰나의 순간 스쳐 지나갔던 어두운 그림자를 놓치지 않았던 은진 엄마였다.

"그럼요. 누가 봐도 우리 은진이 건강하잖아요?"

"그러면, 심장이식은 문제없는 건가요?"

조바심에 목이 타는지 은진 엄마가 입술에 침을 두르며 말했다.

"네네, 차질 없이 진행토록 해야죠. 지금 코노스 측과 협의 중에 있어요."

"네네. 제가 걱정이 돼서요. 자꾸 조바심이 나네요."

"맘 편히 먹고 계세요. 잘 진행되고 있으니까요."

"네에, 선생님!"

손가락을 꼼지락거리는 은진 엄마. 긴장된 표정이 여실히 드러나는 듯했다.

"우리 은진이, 혹시 기침하니?"

김윤찬이 은진이의 손을 어루만지며 다정하게 물었다.

"아침에요?"

"응. 아침이나 저녁이나."

"아침에 기침해요. 조금."

"아, 그래? 밤에는?"

"밤에도 해요. 며칠 전까지는 안 했는데, 한번 기침이 나오면 멈출 수가 없어요. 기차처럼."

은진이가 시무룩한 표정을 지었다.

"아이쿠, 기침을 많이 하는구나?"

"네에. 기침하면 가슴이 막 아파요. 쿵덕쿵덕거리고."

은진이가 자신의 가슴을 쓸어내리며 그렁그렁한 숨소리를 냈다.

"알았어. 선생님이 안 아프게 해 줄게."

"네에."

김윤찬의 말에 녀석이 해맑게 웃었다.

"장영은 선생, 일단 은진이 가래가 좀 있는 것 같은데, 거담제 처방해 주고, 24시간 동안 가래양 좀 파악해 줘요."

"네, 알겠습니다."

"나 약 먹기 싫은데……."

약을 먹는다는 말에 은진이가 인상을 찌푸렸다.

"아냐, 아냐. 빨아 먹는 요구르트처럼 맛있는 거야."

그러자 장영은이 재빨리 은진이를 안심시켰다.

"정말요?"

"그럼, 딸기 맛이야. 정말 맛있어."

"헤헤헤, 알았어요."

그렇게 진료를 마친 김윤찬이 병실 밖으로 나왔고, 뭔가 못 미더웠는지 은진 엄마가 그의 뒤를 쫓아 나왔다.

　　"교수님, 우리 은진이 괜찮은 거죠?"

　　은진 엄마가 불안한 표정을 지으며 물었다.

　　"음⋯⋯. 은진이 기침이 심하던데, 왜 말씀하시지 않으셨어요?"

　　"아, 그건⋯⋯."

　　은진 엄마가 말을 잇지 못했다.

　　꿈에 그리던 심장이식 수술.

　　혹시라도 수술을 받지 못할까 봐 두려운 마음에 숨겼으리라.

　　"음, 어머님 마음은 충분히 이해하는데, 사소한 증세라도 말씀해 주셔야 해요. 은진이 체력이 워낙 떨어져 있어서, 조금이라도 컨디션이 저하되면 수술이 힘들 수도 있거든요. 그러니, 감추지 마시고 전부 말씀해 주세요."

　　"네?? 그러면 우리 은진이 수술 못 하는 건가요?"

　　"아뇨, 그런 게 아니고요. 문제가 있으면 치료가 선행되어야 한다는 뜻이에요. 그러니까 뭐든 조금이라도 은진이 몸에 이상이 있으면, 바로 저나 장영은 선생한테 알려 주셔야 해요."

　　"네네, 알겠습니다. 교수님! 시키는 대로 할 테니까 제발 우리 아이 이식수술 할 수 있게 해 주세요."

그 누구보다 애가 탈 수밖에 없는 그녀였다.

"네, 그렇게 할게요. 아무튼 은진이 가래가 좀 끓는 것 같으니까, 약 잘 챙겨 먹이세요. 일단 가래부터 잡고 다시 봅시다."

"네, 알겠습니다."

잠시 후, 김윤찬 교수 연구실.

하아…….

털썩, 자신의 연구실로 돌아온 김윤찬은 몸을 의자에 내던지듯 앉아 버렸다.

"교수님? 괜찮으세요?"

그 모습에 장영은이 걱정스러운 듯 물었다.

"응, 나야 뭐 괜찮은데……."

좀 전과는 다르게 어두운 표정의 김윤찬.

"교수님, 혹시 은진이가……."

눈매를 좁히며 고개를 갸웃거리는 그녀. 장영은 역시, 뭔가 눈치를 챈 모양이었다.

"그래. 은진이 숨소리가 좀 심상치 않은 것 같아. 며칠 전까지만 해도 나쁘지 않았는데 말이야."

김윤찬이 걱정스러운 표정으로 은진이 차트를 뒤적였다.

"교수님, 단순한 감기가 아닌가요?"

김윤찬의 표정을 살피던 장영은이 조심스럽게 물었다.

"디스컨티뉴어스한 소리가 나."

"크로아클을 말씀하시는 겁니까?"

"그래. 크로아클이 잡히네."

크로아클이란 숨소리가 연속적이지 않고 도트프린터처럼 끊어져 나는 숨소리를 말한다.

"그러면 폐렴인가요?"

장영은이 걱정스러운 표정으로 물었다.

"알비올라이(폐포)에 플루이드(유동체)가 어큐밀레이션(축적) 돼서, 폐포가 열리고 닫힐 때 소리가 나는 것 같아. 일단은 뉴모니어(폐렴)가 가장 의심이 되네?"

김윤찬이 고개를 갸웃거렸다.

"후우, 심한가요? 교수님의 말씀대로 최근까진 아무런 이상도 없었고, 은진이 컨디션도 좋았는데요?"

점점 장영은의 미간이 좁아지고 있었다.

"글쎄, 일단 청진음만 가지고는 확신할 순 없긴 하지만, 폐렴일 수도 있어. 물론 폐렴이 아닐 수도 있긴 하겠지만."

김윤찬이 심각한 표정으로 고개를 내저었다.

"어후, 은진이는 이제 곧 심장이식을 받아야 하는데, 어쩌죠? 폐렴이면……."

"글쎄다. 은진이가 워낙 체력이 떨어져 있는 상황이라 사실 단순 감기도 쉽진 않아. 다만, 그렇다고 해서 이식이 아주 불가능하거나 그런 건 아니야."

"하아, 제발 아무 일 없어야 할 텐데요. 4년을 기다렸잖아요. 우리 은진이 이번엔 꼭 이식수술 받아야 하는데."

장영은이 땅이 꺼져라 한숨을 내쉬었다.

사실, 1년 전에도 이와 비근한 예가 있었다.

교통사고로 온 가족이 현장에서 사망했고 그중 한 아이의 심장을 받을 기회가 있었으나, 심장의 크기가 맞질 않아 수술을 할 수 없었던 것.

은진이를 비롯한 은진이 모든 가족은 절망했고, 이를 오롯이 지켜봤던 장영은이었기에 이번만큼은 그 마음가짐이 달랐다.

"뭐, 정확한 건 검사를 좀 더 해 봐야 알 것 같아. 다행히도 단순 폐렴이라면 큰 문제 없을 거야. 이식수술까진 아직 시간이 있으니 충분히 치료는 가능할 테니까."

"네! 정말, 정말 그러면 얼마나 좋을까요? 그런데 교수님! 제가 좀 불안해서 그런데, 만약에 은진이 폐렴이 상태가 심하면 심장이식은 어려울 수도 있는 건가요?"

담당 주치의인 장영은의 입장에선 충분히 걱정할 만한 일이었다.

꿀꺽, 장영은이 김윤찬의 입에 시선을 고정한 채 마른침을 삼켜 넘기며 그의 대답을 기다렸다.

"단순 폐렴이면 크게 문제는 없을 것 같긴 한데 말이야. 물론, 폐렴도 상태가 안 좋으면 이식은 힘들 수 있겠지. 하지만 가능성이 아예 없는 건 아니야. 다만…….”

“다만, 뭐죠?”

장영은의 목소리가 살짝 떨리는 것 같았다.

“그럴 리는 없겠지만, 펄머너리 에드마(폐부종)면 상황이 달라질 수 있긴 해. 일단, 청진음으론 단순 폐렴으로 보이긴 하지만. 단 1%라도 가능성이 있다면 우리 입장에선 단순히 넘길 수 없는 문제니까.”

김윤찬 교수의 표정이 매우 어두웠다.

“하아, 폐부종이요?”

“어. 일단 검사부터 하고 결과를 기다리는 수밖에 없을 것 같아.”

뭔가를 알고 있지만, 아직 조금은 신중한 태도를 보이는 김윤찬이었다.

“후우, 네. 알겠습니다.”

“내일 바로 엑스레이 찍고, 심전도, 초음파검사 해 보도록 하자고.”

“네에.”

“음, 별거 아닐 거야. 너무 걱정 말고. 일단 오늘 하루 잘 살펴봐. 은진이 가래 좀 잘 살펴보도록 해. 분홍빛을 띠는지 아닌지.”

“네. 알겠습니다, 교수님!”

“그래그래, 우리 좋은 생각만 하자. 어떻게 얻은 심장인데

허무하게 날릴 순 없지 않겠어?"

툭툭, 김윤찬이 축 늘어진 장영은의 어깨를 두드려 주었다.

"네. 교수님! 우리 은진이 아무 일 없이 무사히 수술할 수 있을 겁니다."

장영은이 두 손을 모아 간절히 빌고 또 빌었다.

그날 저녁.

콜록콜록.

평소와는 다르게 심하게 기침을 하는 은진이.

"은진아, 괜찮아?"

밤새도록 은진이를 돌보고 있던 장영은이 은진이의 등을 두드려 주었다.

"선생님, 기침이 계속 계속 나와요."

쿨럭쿨럭.

그렇게 심하게 마른기침을 하던 은진이가 몸을 심하게 꿀렁거리더니 가래를 쏟아 내고 말았다.

분홍빛 가래!

은진이가 쏟아 낸 가래 색깔은 우려했던 대로 거품이 이는 분홍색 가래였다.

"으, 은진아! 괜찮아?"

밖에서 차를 마시던 은진 엄마가 은진이의 기침 소리에 놀라 안으로 들어왔다.

같이 차를 마시고 있던 찬우 엄마 역시 함께 병실 안으로 들어왔다.

"응! 괜찮은데, 목이 좀 아파!"

은진이가 고사리 같은 손을 내저으며 자신의 목을 부여잡았다.

"서, 선생님, 괜찮은 거죠?"

이식수술을 앞두고 모든 신경이 곤두서 있는 은진 엄마가 잔뜩 겁을 집어먹은 얼굴로 물었다.

"그럼요! 괜찮을 거예요. 가래가 조금 끓는 거예요. 약 먹으면 나을 겁니다."

장영은이 대수롭지 않다는 듯이 손을 내저었다.

"정말 괜찮은 거죠?"

여전히 의심의 눈빛을 감추지 못하는 그녀였다.

"네, 환절기라 그럴 수 있어요. 제가 은진이 좀 살펴볼게요. 어머님은 잠시 밖에 나가 계시죠."

"그래, 다은아! 별거 아닐 거야. 영은 선생님 말씀대로 밖에서 기다리자. 응?"

"아, 알았어요. 언니."

그렇게 찬우 엄마가 은진 엄마를 다독여 밖으로 나갔다.

"음, 우리 은진이, 언니가 입술 좀 볼게?"

"네."

옅은 청색증??

은진이의 입술을 살펴본 장영은의 미간이 살짝 일그러지는 듯했다.

"은진아, 혹시 앉아 있을 때보다 누워 있을 때 더 숨이 차니?"

"네, 앉아서 인형 놀이 할 때는 아무렇지 않은데, 누워 있으면 여기가 답답해요."

은진이가 자신의 가슴을 손바닥으로 문질거렸다.

"그, 그렇구나. 언니가 다리 좀 볼까?"

"다리요?"

"그래. 언니가 바지 올려 줄게?"

그렇게 장영은이 은진의 다리를 살펴보며 이곳저곳을 가볍게 눌러 보았다.

말초부종??

장영은이 손가락으로 눌러 움푹 파인 자리가 한참이 지나서야 복원되었다.

"언니! 왜요? 나 또 아파요?"

오랜 기간 동안 병원에 입원해 있다 보니, 은진이는 의사나 간호사들의 미세한 표정까지 잡아 내는 경지(?)에 다다랐다.

"아니, 아니! 그런 거 아냐. 그냥 우리 은진이 다리가 얼마나 튼튼한가 보려고!"

장영은이 표정을 바꿔 환하게 웃었다.

"맞아요! 나 심장 다 나으면 콜라랑 우리 동네 열 바퀴 돌 거예요!"

은진이가 열 손가락을 펴 보이며 해맑게 웃었다.

"콜라? 콜라가 뭐야?"

"크크크, 우리 집에 사는 제 동생이요."

녀석이 작은 손으로 입을 가리며 웃었다.

"동생이 콜라야? 이름이 너무 이상한데?"

"크크크, 동생이긴 한데, 친동생은 아니고요. 우리 집에서 키우는 강아지예요. 제가 콜라라고 이름 지었어요. 얼굴이 까매서."

"아하, 강아지였구나?"

"네, 나중에 언니한테도 보여 줄게요. 엄청 귀여워요."

은진이 양손으로 큰 원을 그리며 입가에 함박웃음을 지었다.

"음, 우리 은진이 안 아프라고 언니가 주사 한 방 놔 줄 건데, 괜찮지?"

"네! 괜찮아요. 저 주사 하나도 안 아파요!"

"그래. 우리 은진이 너무너무 착해! 예뻐! 언니가 얼른 주사 가지고 올게?"

흐음, 장영은이 짧은 한숨을 내쉬었다.

아닐 거야! 절대 아닐 거야!

장영은이 속으로 '아닐 거야'를 수없이 되뇌며 의국으로 향했다.

　　그리고 다음 날.
　　은진이의 상태는 호전되기는커녕 상태가 더욱 안 좋아졌고, 결국엔 혈액검사를 비롯한 몇 가지 검사를 할 수밖에 없었다.
　　"선생님, 우, 우리 은진이 어떻게 되는 건가요?"
　　이쯤 되자 점점 마음이 급해지는 은진 엄마였다.
　　"음, 지금은 뭐라고 말씀드릴 수 없어요. 일단 검사 결과가 나와 봐야 할 것 같아요, 어머니!"
　　채혈을 하는 장영은의 표정도 밝지만은 않았다.
　　"괜찮은 거죠? 우리 은진이 이식수술 할 수 있는 거죠?? 그렇죠?"
　　하룻밤 사이에 은진 엄마의 얼굴이 반쪽이 되어 버렸다.
　　"네에. 괜찮을 거예요, 어머니, 너무 걱정 마세요."
　　"우리 은진이, 4년! 4년을 기다렸어요. 저, 절대로 포기할 수 없어요, 선생님! 이번에 반드시 우리 은진이 수술해야 해요!"
　　"당신 대체 왜 그래?? 선생님 불편하시게??"
　　은진 엄마가 장영은의 팔을 잡고 매달리자, 은진 아빠가 장영은에게서 은진 엄마를 떼어 놓았다.

"당신도 알잖아! 우리 은진이가 그동안 얼마나 힘들었는지! 이제 겨우, 심장이 나왔는데, 만약에, 만약에⋯⋯."

은진 엄마가 울먹이며 말을 잇지 못했다.

"거참! 재수 없는 소리를 왜 해! 우리 은진이 수술받아! 받는다고! 부정 타니까 당장 안 그쳐! 에이씨!"

그 모습에 화가 난 은진 아빠가 병실 밖으로 나가 버렸다.

"다은아! 침착해! 괜찮을 거야."

그 모습을 지켜보고 있던 찬우 엄마가 은진 엄마를 다독거렸다.

"언니! 언니도 알잖아? 우리 은진이가 오늘이 오기를 얼마나 기다렸는지?"

"암암! 백번 천번 알고도 남지. 다은아, 그러니까 진정하자. 이런다고 해결될 일이 아니잖아. 괜찮을 거야. 그렇죠, 장 선생님?"

찬우 엄마가 장영은을 보며 눈짓을 했다.

"네, 어머님! 찬우 어머님 말이 맞아요. 지금 결정된 것은 아무것도 없어요. 어차피 심장이식을 받으려면 해야 할 검사들입니다. 그러니까 너무 걱정하지 마세요."

"저, 정말이죠? 선생님?"

"네. 일단 검사 결과를 기다려 봐요."

"그래그래, 선생님 말씀대로 아무 일도 아닐 거야. 그냥 감기야, 감기! 그러니까 나가서 나랑 따뜻한 차라도 한잔하자. 응?"

찬우 엄마가 어깨를 들썩이며 흐느끼는 은진 엄마를 데리고 밖으로 나갔다.

♥

그날 밤, 찬우네 집.

흥얼흥얼.

찬우 엄마가 주방에서 콧노래를 부르며 저녁 준비를 하고 있었다.

"여보, 저녁 먹어요."

찬우 엄마가 평소보다 높은 톤으로 찬우 아빠를 불렀다.

"뭐야? 오늘 무슨 좋은 일 있었어?"

"아니에요, 아무것도! 배고프죠? 찌개 끓기 전에 우선 골뱅이 무침에 소맥 한잔해요, 우리."

"뭐라고? 술을 마시자고? 당신이 웬일이야?"

소맥이란 소리에 찬우 아빠가 화들짝 놀랐다.

"왜요? 안 돼요?"

"아니, 그게 아니라, 우리 찬우 입원해 있는 동안은 금주라고 하지 않았나? 당황스러워서 그렇지. 무슨 일 있어?"

"에이, 일은 무슨 일이요! 아무것도 아니에요. 요즘 내가 신경이 날카로워져서 당신한테 히스테리를 너무 부린 것 같아 미안해서 그래요."

평소에는 거의 보기 힘든 찬우 엄마의 밝은 표정이었다.

"나 참! 오래 살고 볼 일이네. 그나저나 당신 술 잘 못 마시잖아? 괜찮겠어?"

또르르, 찬우 아빠가 맥주 컵에 소주를 따르며 의아하다는 듯 물었다.

"오늘은 그냥, 한잔 마시고 싶네요. 한잔 마시고 푹 자고 싶어요."

"그래그래. 그동안 피로도 많이 쌓였을 텐데, 한잔하고 푹 자. 그래야 힘내서 우리 찬우 병간호하지."

찬우 아빠가 맥주에 소주를 섞은 잔을 찬우 엄마에게 내밀었다.

"네. 그러려고요. 우리가 힘을 내야 우리 찬우도 힘을 내죠. 당신도 한잔해요."

"그래. 가뜩이나 오늘 손님도 없어서 짜증 났는데, 잘됐네. 나도 한잔 마시고 푹 자야겠어. 아! 당신 여기 와 있으면 찬우는 누가 보는데?"

"엄마가요. 오늘은 엄마가 와 계신다고 했어요."

"장모님이?"

"네."

"어휴, 장모님이 고생이시네. 얼른 우리 찬우가 훌훌 털고 일어나야 할 텐데."

흐음, 찬우 아빠가 깊은 한숨을 내쉬었다.

"우리 찬우! 곧, 좋은 심장 만나서 꼭 이식수술 받을 거예요. 전, 확신해요. 여보!"

"그래그래, 우리 찬우도 은진이처럼 조만간 이식수술 받을 수 있을 거야. 그런 의미에서 우리 건배나 할까?"

"그럼요! 꼭 그렇게 될 거예요!"

찬우 아빠가 잔을 들어 올리자 찬우 엄마가 잔을 부딪치며 환하게 웃었다.

그리고 이틀 후.

마침내 은진의 검사 결과가 나왔다.

슬픈 예감은 언제나 틀리지 않는다고 했던가?

검사 결과는 최악이었다.

은진이는 폐렴은 물론, 심인성 폐부종까지 앓고 있었던 것.

워낙 심장이 안 좋은 아이였기에 사소한 감기라도 조심했어야 했는데, 혹시나 이식수술을 하지 못할까 봐 은진 엄마가 이를 감추는 바람에 더 악화된 것이다.

결국, 은진이는 심장이식을 받기에 적절하지 못한 몸이 되어 버렸다.

"교수님, 방법이 없을까요?"

은진이의 결과를 확인한 장영은이 발을 동동 굴렀다.

"심부전에 의한 심인성이니까, 딱히 별다른 치료법은 없어. 기존의 심부전 치료를 병행하는 수밖에."

"그, 그러면 심장이식은요? 이미 코노스에서 이식 절차를 밟고 있는 걸로 아는데⋯⋯."

장영은의 얼굴에 그늘이 가득했다.

"좀 더 상태를 살펴봐야 하겠지만, 지금 상태로는 힘들다고 봐야지. 폐부종이 심해. 결국 원활한 산소 공급이 안 될 것이고, 그렇게 되면 뇌 기능에도 장애가 올 수 있어. 각종 호르몬 불균형을 초래할 텐데, 당분간 이식수술은 힘들 거라 보이네? 일단, 폐부종 치료에 전념하는 수밖에 없어."

김윤찬 역시, 참담한 표정이었다.

"하아, 일을 어쩌죠? 지금까지 4년을 기다렸어요! 그 어린 것이 얼마나 힘들었을까요? 우리 은진이 그 아픈 주사에도 눈물 한 방울 흘리지 않고 참는 아이예요. 어쩜 좋아요, 교수님!"

어느새 장영은의 눈도 붉어져 있었다.

"치료부터 시작하도록 하자. 저산소혈증이 오면 매우 위험해. 일단 혈액순환을 원활하게 해 줄 필요가 있으니까, 라식스(이뇨제) 투여해 주고, 혈관확장제를 써 보도록 하자."

"네에, 알겠습니다."

장영은이 침통한 표정으로 고개를 끄덕였다.

"약물로 괜찮아지면 다행이지만, 효과가 미미할 수도 있어. 그러면 CTD(흉관 배액술)를 할 예정이야."

흉관 배액술이란 폐 안에 비정상적으로 쌓인 공기와 혈액을 인위적으로 빼내는 시술이었다.

"그렇군요. 그나저나 교수님."

"왜?"

"멍청한 질문이지만, 만약에 이대로 심장이식 수술을 강행하게 되면 어떻게 되나요?"

장영은이 조심스럽게 입술을 뗐다.

"어떻게 될 것 같은데?"

"성공할 확률이 매우 낮을 거라고 생각합니다."

"알면서 왜 그런 질문을 하지?"

"하지만 모든 일이 확률대로 되는 건 아니지 않습니까? 교수님도 항상 그러셨잖아요. 단 1%의 가능성만 있어도 의사는 포기해서는 안 된다고."

"지금 영은 선생이 한 말은 아주 중요한 전제 조건이 하나 빠져 있어."

"네?"

"내가 말한 그 1%에 대한 해석이 잘못되어 있다는 말이야. 로또 한 장을 들고 티브이 앞에 앉아서 여섯 개의 숫자가 맞기를 간절히 비는 것과, 아주 큰 점수 차로 지고 있는 야구팀이 9회 말 투아웃 상황까지 절대 게임을 포기하지 않는 것과는 달라. 우리는 그 차이를 도박과 투지라고 부르지. 똑같은 1%라고 다 같은 확률이 아님을 명심해."

"……네, 교수님."

장영은이 침통한 표정으로 고개를 떨어뜨렸다.

"득보다 실이 많다면 하지 말아야 하는 것이 의사의 역할이야. 지금은 다른 생각 하지 말고, 은진이 폐부종 치료에 집중하도록 해."

"알겠습니다. 그러면 제가 은진 어머님께 말씀드리도록 하겠습니다."

"영은 선생이 할 수 있겠어?"

"……아뇨. 솔직히 어떻게 말씀드려야 할지 모르겠어요."

"거봐. 못 하잖아. 내가 말씀드릴 테니까, 영은 선생은 은진이나 신경 쓰도록 해. 전에 보니까 은진이 자꾸 엎어져서 자더라. 그러면 폐에 압력이 가해져서 좋지 않아. 그것부터 교정해야 할 거야."

장영은도 눈치채지 못했던 아이의 잠버릇까지 체크하고 있는 김윤찬이었다.

'교수님! 저는 거기까진 신경 쓰지 못했어요. 부끄럽습니다. 그리고 너무너무 존경합니다. 교수님이 말씀하신 1%! 반드시 그 의미를 가슴에 새기도록 할게요.'

"네, 알겠습니다."

장영은이 입술을 굳게 다물었다.

소아흉부외과 병동 휴게실.

김윤찬은 은진이 보호자들에게 은진의 건강 상태를 설명했고, 당장 심장 이식수술을 할 수 없다는 그의 말에 은진의 부모는 망연자실, 정신을 차릴 수가 없었다.

"다은아, 자꾸 그렇게 울기만 한다고 해결될 일이 아니잖니? 안 먹히더라도 한술 떠."

찬우 엄마가 은진 엄마의 손에 억지로 숟가락을 쥐여 주었다.

며칠 사이에 반쪽이 되어 버린 은진 엄마의 얼굴이었다.

"아니에요, 언니! 저 밥 생각 없어요."

은진 엄마가 힘없이 숟가락을 내려놓았다.

"다은아! 이러다가 너 죽어!! 벌써 며칠째 밥 한 톨도 먹질 않았잖아."

"우리 은진이는 아무것도 못 먹는데, 어떻게 밥이 목구멍으로 넘어가냐고요!"

흑흑흑, 마침내 은진 엄마가 울음을 터트리고 말았다.

"어휴, 은진 엄마야. 다음 기회가 있을 거야. 우리 은진이는 착하니까 하나님이 꼭 좋은 심장을⋯⋯."

"다음 기회요? 언니, 언니가 어떻게 저한테 그런 말을 할 수 있어요? 혹시 우리 은진이가 심장 포기하면 찬우한테 갈 수 있을 거라고 생각해서 그러는 거예요??"

은진 엄마가 울음을 멈추며 매섭게 찬우 엄마를 노려봤다.

"어휴, 어휴! 그게 무슨 소리야? 애가 애가 사람 잡네? 나, 그런 사람 아니야. 은진이 내 새끼 같은 애인데, 너, 정말 언니를 그렇게 봤니? 나 그러면 너무 섭섭해!"

찬우 엄마가 정색하며 언성을 높였다.

"미, 미안해요. 언니! 그러니까 그런 말 하지 말아요."

"그래. 네 마음을 왜 모르겠니? 나도 말실수를 했어. 정말 미안해."

"괜찮아요. 나 그런 말 하나도 귀에 안 들어와. 신경이 예민해져서 전부 이상하게 들린단 말이에요!"

"그, 그래. 미안해. 내가 생각이 짧았어. 그러니까 좀 먹어. 응? 네가 힘을 내야 은진이도 간호할 거 아니니??"

찬우 엄마가 다시 한번 은진 엄마의 손에 숟가락을 쥐여 주었다.

"우리 은진이 괜찮겠죠? 언니?"

"그럼, 그럼. 내가 이곳저곳에 알아봤는데, 폐부종은 운동 요법만으로도 충분히 고칠 수 있다고 하더라. 내가 뽑아 놓은 자료 있으니까, 그대로 한번 해 봐. 분명 효과가 있을 거야. 이거."

찬우 엄마가 가방에서 주섬주섬 종이 뭉치를 꺼냈다.

"고, 고마워요, 언니!"

"그러니까 좀 먹어. 이거 명란젓인데, 우리 엄마가 직접 만든 거야. 짜지 않고 담백하니 맛있거든. 좀 먹어 봐."

찬우 엄마가 명란젓을 떼어 내 은진 엄마의 숟가락에 얹어 주었다.

그날 저녁 인근 술집.

찬우 아빠와 은진 아빠가 병원 인근 선술집을 찾았다.

여자들은 여자들대로 남자들은 남자들대로, 친할 대로 친해진 은진과 찬우 가족이었다.

동갑내기인 두 사람.

서로 말을 놓을 정도로 친한 사이가 되어 있었다.

"우리 은진이 어쩌면 이식수술이 힘들지도 모르겠어."

또르르, 은진 아빠가 잔에 소주를 따라 단숨에 넘겨 버렸다.

"그게 무슨 귀신 씻나락 까먹는 소리야? 내가 인터넷을 찾아보니까 폐부종 정도야 어렵지 않은 병이라고 하던데? 깨끗이 치료하고 이식받으면 될 거 아냐? 힘을 내!"

찬우 아빠가 은진 아빠를 위로했다.

"그게 말처럼 쉽지 않은 것 같아. 우리 은진이는 워낙 체력이 약해서 회복 속도도 더디고. 게다가 심장이 안 좋아서 그런 건데······."

"그래도 힘을 내. 심장 분야에선 김윤찬 교수를 따라올 의

사가 없다더라. 세계적으로도 유명하시대. 그러니까 잘될
거야."

"그래. 제발 그렇게 됐으면 좋겠네. 다만 만약에 우리 은
진이가 심장을 못 받게 되면, 그 심장 찬우가 받았으면 좋겠
어. 그러면 그나마 나을 것 같아!"

"에이, 이 사람아! 쓸데없는 소리 하지 마! 은진이 꼭! 이
식수술 받을 거야. 그러니까, 자네가 은진 엄마 좀 잘 추슬러
봐. 요즘 보니 안색이 말이 아니더라."

"하아, 당연히 그렇겠지. 그나마 찬우 엄마가 옆에 있어서
얼마나 힘이 되는지 몰라. 정말, 내가 찬우 엄마 볼 면목이
없네. 너 진짜 와이프 하나는 끝내주는 사람으로 얻었어."

"됐어! 친구 사이에 그 정도도 못 하나? 별거 아니니까 신
경 쓰지 말고 술이나 한 잔 받아. 또 알아? 술 한 잔 마시고
집 가서 아침에 일어나면 좋은 소식이 들릴지?"

또르르, 찬우 아빠가 은진 아빠의 빈 잔을 채웠다.

"그래. 나도 제발 그랬으면 좋겠다."

꿀꺽, 은진 아빠가 단숨에 소주잔을 비워 버렸다.

♥

그리고 며칠 후, 병원 뒤 벤치.

장영은이 밤낮으로 온 정성을 기울여 은진이를 치료했지

만, 그의 노력이 무색하게 은진이의 회복 속도는 더뎠다.

흉부외과 레지던트 이창균과 구상윤이 벤치에 앉아 대화를 나누고 있었다.

"구 선생, 은진 엄마 좀 심한 거 아닌가?"

"왜요? 무슨 일 있었나요?"

"은진이 심장 못 받는 거 말이야. 이제는 인정을 해야지. 성공 확률이 5%도 안 되는데, 그걸 우겨서 수술을 받겠다는 거야."

"하아, 엄마 입장에선 그럴 수도 있긴 하죠. 몇 년을 기다려 왔던 심장인데요."

"그래그래. 나도 그 마음을 모르는 건 아니야. 그런데 수술하다가 잘못되기라도 해 봐. 그 아까운 심장 어떡할 건데?"

"음, 은진이가 심장 포기하면 혹시 찬우한테 갈 수도 있는 건가요?"

구상윤이 주변을 두리번거리더니 목소리를 낮췄다.

"그래. 내가 확인해 보니까, 찬우도 사이즈가 맞는 것 같아. 양 코디가 그러는데, 은진이 부모님이 심장만 포기한다면, 여러 여건상 찬우한테 갈 확률이 굉장히 높다던데?"

"정말요? 와, 이거 진짜 난감하겠네? 두 분이 친자매처럼 친하잖아요?"

"그렇지. 근데 뭐, 피 한 방울 섞이지 않은 남인데, 그런 거 따질 때야? 게다가 찬우는 컨디션도 좋고, 은진이에 비해 상대적으로 건강하니까, 훨씬 더 성공 확률이 높아. 아마 찬우한테 심장이 가면 수술 성공 확률은 거의 100%에 가까울 걸. 근데 은진 엄마가 저렇게 고집을 피우니 뭐, 그것도 물 건너갈지도 몰라."

"아! 그렇군요. 하아, 이거 참 아이러니네요. 심장 하나 때문에 그렇게 친했던 두 집안이 원수 집안으로 바뀔 수도 있겠어요."

"근데 솔직히 그 심장, 은진이보단 찬우한테 가는 게 맞지. 폐부종 아니더라도 은진이한테 가면 성공 확률이 그렇게 높지 않거든. 얘가 워낙 약해서 말이야."

"후우, 그렇군요……. 그래도 전 은진이한테 더 마음이 쓰이더라고요. 어떻게든 은진이가 수술을 받았으면 좋겠어요."

"뭐, 각자 생각은 다른 법이니까. 그나저나 구 선생, 진짜 입에 지퍼 채워라! 이 소문 새어 나가면 큰일 나. 두 집안 아주 파탄 난다?"

쉿, 이창균이 자신의 입술에 손가락을 가져다 댔다.

"네네, 그거야 당연하죠. 그나저나 은진이도 빨리 회복되어야 할 텐데요. 장영은 선배님 볼 때마다 안쓰러워 죽겠어요. 선배님 진짜 지극정성이던데."

"그러게 말이다. 너도 영은이한테 그런 건 배워야 해. 내가 봐도 진짜, 진짜 환자들한테 진심이거든."

"네에. 저도 그렇게 생각합니다."

"그나저나 영은이도 영은이지만, 은진이가 불쌍해 죽겠다. 그 고사리만 한 손등이 아주 맨들맨들해졌어. 하도 주사를 꽂아서 혈관이 다 죽었잖아."

"그러게요. 제발 찬우나 은진이나 둘 다 잘됐으면 좋겠는데…….."

"하아, 인생사가 다 그런 것 아니겠냐? 누군가 울면 또 누군가는 웃겠지. 참, 지랄 맞은 세상이야."

벌컥벌컥, 이창균이 들고 있던 캔 커피를 단숨에 비워 버렸다.

"맞아요."

"일어나자. 애들 불쌍한 건 불쌍한 거고, 우리는 우리의 할 일을 해야 하지 않겠어? 오늘도 졸라게 삥이 쳐 보자."

하아, 이창균이 아쉬운 듯 깊은 한숨을 내쉬었다.

"네. 선배님!"

"아, 너 요즘 이택진 교수 조심해라. 아주 독이 오른 눈빛이더라. 괜히 밉보였다간 X되는 수가 있어."

"네, 맞아요. 저도 확실히 그렇게 느꼈어요."

대화를 나누며 사라지는 두 사람. 그들의 대화를 처음부터 끝까지 몰래 엿듣는 사람이 있었다.

'다은아! 너, 진짜 너무한 거 아니니?'

레지던트들의 대화를 엿들은 사람은 찬우 엄마 한은숙이었다.

그녀는 자신의 입술을 힘껏 깨물었다.

띠띠띠띠.

그러고는 한은숙이 잠시 망설이더니 주머니에서 핸드폰을 꺼내 들었다.

"은진 엄마, 나야."

―네, 언니! 좀 전에 찬우가 찾던데 안 보여서 전화드렸더니 핸드폰이 꺼져 있더라고요. 무슨 일 있어요?

"아냐, 일은 무슨."

―아, 그래요? 언니가 안 보여서 찬우 밥은 제가 챙겼어요. 찬우는 지금 밥 먹고 자요.

"그래, 고마워."

―고맙긴요. 언니가 저한테 해 준 게 얼만데요? 이 정도는 아무것도 아니죠. 그나저나 언니, 정말 무슨 일 있는 건 아니죠? 목소리에 힘이 하나도 없어 보이네?

"어, 괜찮아. 병원에서 무슨 일이 있겠니. 아무 일 없어."

―네에, 그럼 다행이고요.

"다은아……."

―네?

"시간 되면 하늘공원에서 나 좀 볼래?"

한은숙이 한참 뜸을 들이다 마침내 입술을 뗐다.

―네? 지금은 좀 그런데……. 지금 은진이 밥 먹이고 있어서요.

"그래? 그러면 천천히 다 먹이고 나 좀 봐. 여기서 기다릴 게."

찬우 엄마의 목소리가 가라앉아 있었다.

―아, 그게요. 언니! 지금은 힘들 것 같아요. 은진이 본가 에 잠시 들러야 할 것 같아서요.

"……그래? 얼마나 걸릴 것 같은데?"

―아, 저도 시간이 얼마나 걸릴지는 모르겠거든요. 그나저 나 무슨 일이에요? 그냥 오늘 말고 나중에 얘기하면…….

"아니! 난 지금 당장 얘기했으면 좋겠거든?"

―그러면 지금 병실로 내려오실래요? 여기서 얘기해요!

"병실에서 할 얘기면 굳이 내가 전화를 했겠니? 얘가 무 슨 말이 그렇게 많아? 급한 거 아니면 하늘공원으로 올라와! 당장!"

평소와는 다르게 분노로 가득 차 있는 한은숙의 목소리였 다.

―아……. 알았어요. 그, 그럴게요. 은진이 밥만 다 먹이고 올라갈게요. 근데 언니, 무슨 일 있어요?

한은숙의 180도 다른 모습에 은진 엄마가 당혹감을 감추 지 못했다.

"아, 아니야. 아무것도. 요즘 내가 신경이 날카로워져서 그런가 봐. 네가 좀 이해해 주라. 아무튼 기다릴 테니까, 일 보고 천천히 올라와."

－네에, 알았어요. 최대한 빨리 갈게요. 이따가 봬요.

"그래, 알았어."

다은아! 네 마음 전부 이해해. 어떻게 나온 심장인데…….
내가 너라도 절대 포기하지 못했을 거야. 그 맘은 아는
데……. 근데, 우리 찬우도 좀 살자! 응?

한은숙이 전화를 끊고는 흘러내리는 앞머리를 쓸어 올렸
다.

잠시 후, 하늘공원.

한 시간째 멍하니 벤치에 앉아 있는 찬우 엄마.

가끔 땅이 꺼져라 한숨을 내쉴 뿐 미동도 하지 않고 있었
다.

"언니! 무슨 생각을 그렇게 골몰히 해요? 사람 온 줄도 모
르고."

은진 엄마가 옆에 앉았는데도 인기척을 느끼지 못하는 그
녀였다.

"어? 왔어?"

"네, 무슨 일 있어요? 얼굴색이 별로 안 좋아 보이는데?"

은진 엄마가 걱정이 되는지 조심스럽게 물었다.

"아, 아니야. 아무것도. 커피 한잔 할래?"

"아뇨. 아침에 벌써 두 잔이나 마셨는걸요. 괜찮아요."

"그, 그래. 은진이는 좀 어때?"

"뭐, 우리 은진이야 맨날 똑같죠. 찬우처럼 밝은 아이도 아니고. 내성적인 데다 체력도 약하니 늘 걱정이에요."

"그렇구나. 그나저나 다은아, 내가 뭐 하나만 물어봐도 될까?"

찬우 엄마가 은진 엄마의 눈치를 살피며 조심스럽게 입술을 뗐다.

"뭔데요?"

"은진이 수술 말이야. 잘 진행되고 있는 거니?"

"네! 아무 문제 없이 잘 진행되고 있어요. 김 교수님도 지금처럼 컨디션 조절 잘하면 무리 없다고 하시더라고요. 조만간 수술 일정 잡을 거라고 하던데요?"

"아, 그래?"

"네, 그런데 그건 왜요?"

은진 엄마가 찬우 엄마의 표정을 살피더니 의아한 표정을 지었다.

"아니, 그냥. 궁금해서 말이야."

"호호호, 궁금할 것도 많네요. 우리 은진이 수술하는 데 아무 문제 없어요. 언니가 신경 안 써도 돼요."

"아니, 다은아! 신경 쓰지 말라니? 무슨 말을 그렇게 섭섭하게 해? 우리 사이에 그 정도도 못 물어보니?"

찬우 엄마의 표정이 굳어지는 듯했다.

"아니요. 그게 아니라, 언니 요새 부쩍 우리 은진이 컨디션 체크하시잖아요? 저번에도 그러더니 또 그러시네요? 저, 언니가 이러는 게 되게 부담스럽거든요?"

"뭐라고? 부담스럽다고?? 너 정말 못됐구나? 언제는 언니 없었으면 못 버텼을 거라고 그렇게 고맙다고 하더니, 그거 전부 입에 발린 소리였니?"

찬우 엄마의 언성이 조금씩 높아지고 있었다.

"하아, 언니! 네. 맞아요. 언니 도움 받은 것도 맞고, 저 솔 직히 언니를 친언니처럼 따른 건 맞아요. 그건 너무 고마운 일이에요. 저 역시 평생 잊지 않을 거고요. 하지만, 지금은 경우가 다르잖아요?"

은진 엄마가 찬우 엄마를 매섭게 노려봤다.

"아니, 그게 무슨 소리야? 뭔 경우를 운운해?"

"언니, 우리 솔직해져요. 언니가 뒤로 호박씨 까고 다니는 거, 내가 모를 줄 알아요?"

"뭐, 뭐라고?? 호, 호박씨? 너 좀 말이 심한 거 아니니?"

발끈한 찬우 엄마가 자리를 박차고 일어났다.

"네네. 이제 말이 나왔으니까 말인데, 간호사 선생님이랑 장영은 선생 쫓아다니면서 우리 은진이 상태 물어보고 다닌 다면서요?"

은진 엄마가 죽일 듯이 찬우 엄마를 노려봤다.

"어? 어, 어. 그건! 은진이도 내 조카 같으니까 구, 궁금해 서 그런 거지! 너한테 물어보긴 좀 뭐해서……."

찬우 엄마의 목 밑에서부터 붉은 기운이 번지고 있었다.

"아아! 그래요? 우리 은진이를 그렇게 조카처럼 생각하셨어요? 그래서 은진이 수술 못 받으면 찬우 차례가 되냐고 확인하고 다녔어요?? 그렇게 우리 은진이를 생각하시는 사람이요?"

낮말은 새가 듣고 밤말은 쥐가 듣는다고 했던가?

은진 엄마는 이미 찬우 엄마의 일거수일투족을 모두 꿰고 있었다.

"하아……. 너, 너 지금?"

한숨을 내쉬며 찬우 엄마가 말을 잇지 못했다.

"언니, 우리 은진이 반드시 이식수술 받을 거니까, 괜히 헛물켜지 말아요! 그리고 부탁인데, 우리 집안일에 관심도 좀 끊어 주시고요."

은진 엄마가 냉정하게 말을 쏘아붙였다.

"너 지금 말 다 했니? 솔직히 내가 이런 말까지는 안 하려고 했는데, 은진이 폐부종이 심해서 이식수술 불가하다면서?"

하지 말아야 할 말을 꺼낸 한은숙.

이쯤 되면 막 나가자는 뜻이었으리라.

"뭐? 뭐라고요?"

"나도 귀가 있고, 눈이 있거든? 의사 선생님들이 그러더라. 솔직히 은진이 수술, 성공 확률이 거의 없는데 네가 막무

가내라고! 아까운 심장만 날아가게 생겼다고 말이야!"

어느새 찬우 엄마가 선을 넘어 버리고 말았다.

"어, 언니?? 지, 지금 그걸 말이라고 해요? 어떤 의사가 그런 말을 했어요? 네? 어떤 병신 같은 새끼가 그런 말을 하냐고요? 누구냐고욧! 앞장서요! 지금 당장 확인해 보게요!"

은진 엄마 역시 참을 수 없었는지 거친 말을 쏟아 내기 시작했다.

"하아, 얘가 지금 상황 파악이 안 되나 보네? 다들 그러거든? 여기 있는 의사 쌤들 전부 은진이는 가망 없다고 찬우라도 살리자고 난리야! 너만 좀 포기하면 모든 게 잘될 텐데. 너, 진짜 너무하는 거 아니니?"

이미 이성을 잃어버린 찬우 엄마였다.

"너, 미, 미쳤구나? 지금 그걸 말이라고 하니? 네 자식 살리겠다고 은진이 심장을 포기하라고? 너 제정신이야?"

은진 엄마가 반말을 늘어놓으며 한 치도 물러서지 않았다.

그녀 역시 이성을 잃은 지 오래였다.

"너? 지금 너라고 했어?"

"그래! 말 같지도 않은 말을 늘어놓는데, 언니라는 말이 나오겠니? 미친년, 제 자식 귀한 줄 알면 남의 자식 귀한 줄도 알아야지. 도둑고양이처럼 이리저리 쑤시고 다니는 주제에!"

은진 엄마가 험악한 얼굴로 중얼거렸다.

붉으락푸르락, 자기 분에 못 이겨 거친 숨을 몰아쉬는 찬우 엄마.

"뭐? 미친년? 너 말 다 했니?"

당장이라도 잡아먹을 듯 찬우 엄마가 은진 엄마를 노려봤다.

"그래, 말 다 했다! 네가 제정신이니? 아주 역겨워 죽겠어. 아무것도 나올 것도 없는데 알랑방귀 뀔 때부터 알아봤어. 인두겁을 쓰고는 그런 짓 못 해!"

"이게 미쳤나?"

확, 마침내 찬우 엄마가 은진 엄마의 머리채를 움켜쥐고 말았다.

"너만 성질 있는 줄 알아? 이 양아치 같은 년아!"

은진 엄마 역시 분을 참지 못하고 찬우 엄마의 머리채를 잡고 말았고, 이제는 돌이킬 수 없는 상황이 되어 버렸다.

웅성웅성.

"찬우 엄마! 왜 이러는 거야?"

"다은아! 왜 그래?"

한바탕 소란이 벌어지자 주변 사람들이 몰려들었고, 엉겨 붙어 있는 두 사람을 떼어 놓기 바빴다.

그렇게 은진 엄마와 찬우 엄마의 관계는 돌이킬 수 없는 상황으로까지 치달았다.

김윤찬 교수 연구실.

두 사람이 벌인 한바탕 소란이 김윤찬의 귀에 들어가기까지는 그리 오랜 시간이 걸리지 않았다.

"장 선생, 오전에 한바탕 난리가 났다면서?"

김윤찬이 씁쓸한 듯 장영은에게 물었다.

"네에."

장영은이 침통한 표정으로 김윤찬의 물음에 답했다.

"하아, 두 사람 잘 지냈잖아? 친자매 이상으로 서로 의지했던 걸로 아는데?"

"네, 맞아요. 그랬었죠."

"음, 결국 심장 문제 때문인가?"

"그런 것 같아요. 찬우 어머님이 은진이 이식수술이 쉽지 않다는 걸 어떻게 알았나 봐요."

"흐음, 그러니까 조심했었어야지. 그런 민감한 내용은 특히."

"네. 죄송합니다, 교수님. 모두 제 불찰입니다."

"아니야. 이미 엎어진 물인데, 주워 담을 수가 있나? 어차피 벌어진 일이야. 괘념치 말아."

"네에."

장영은이 힘없이 고개를 떨궜다.

"그래. 이왕 이렇게 된 거 내가 장 선생한테 하나만 묻자. 지금 상황에서 최선의 선택이 뭐라고 생각하나?"

김윤찬이 심각한 표정으로 물었다.

"하아, 솔직히 저도 잘 모르겠습니다."

"아니지. 잘 모르겠다고 말하면 안 되지. 의사라면 가장 현실적이고 실현 가능한 대안을 염두에 두고 있어야 해."

"그, 그러면요?"

"지금으로서, 은진이 부모님이 심장을 포기하는 것이 맞아. 어떻게 얻은 심장인데, 그냥 허무하게 날리는 건 말이 되지 않잖나?"

"그러면 으, 은진이는요?"

"다음 기회를 기다리는 수밖에 없지."

"교수님! 그건 안 돼요! 4년을 기다렸다고요! 교수님도 옆에서 지켜보셨잖아요? 우리 은진이가 얼마나 고생했는지."

"음, 우리 장영은 선생이 은진이랑 정이 많이 들었나 보네? 그렇다고 이렇게 객관성을 상실해서야 되겠어?"

김윤찬이 실망스러운 표정으로 장영은을 응시했다.

"그, 그게 아니라……."

"그게 아니긴 뭐가 아닌가? 자넨 이미 객관성을 잃어버렸어. 우리 예를 한번 들어 보자고. 전쟁터에서 말이야. 가벼운 부상을 입은 병사를 살리는 게 맞나? 아니면 거의 다 죽어 가는 환자를 살리는 게 맞나?"

"그, 그거야……."

"당연한 수순이야. 지금은 냉정하게 판단해야 할 때인 거야. 이 심장은 찬우한테 가는 게 맞아."

"그, 그러면 우리 은진이는 어떻게 되는 거죠?? 수술을 못받는 건가요?"

장영은은 울먹거리며 물었다.

"……."

"교수님! 이건 너무 가혹하잖아요! 그러면 우리 은진이는 어떻게 해요?"

"이봐, 장 선생, 내가 이식수술이 안 된다고 했지, 은진이 수술이 안 된다고 했던가?"

훗, 김윤찬이 흥분한 장영은을 응시하며 한쪽 입꼬리를 말아 올렸다.

돌아올 수 없는 강을 건너 버린 찬우 엄마와 은진 엄마.

동병상련의 정으로 그토록 가까웠던 두 사람 사이는 원수지간이 되어 버렸다.

결국, 두 집안은 한 병실에 머무를 수 없는 상황이 되어 버렸고, 그 덕(?)에 두 아이는 생이별을 맞이할 수밖에 없었다.

찬우네 집.

"당신 정말 이것밖에 안 되는 사람이었나?"

찬우 아빠가 한심하다는 표정을 지었다.

"왜요? 내가 뭘 잘못했는데? 내가 분명히 의사 쌤들이 하는 말을 들었다고요."

"그렇다고 친자매처럼 지낸 사람한테 그러면 돼?"

"그냥 내가 심장을 뺏는다는 것도 아니고! 은진이가 수술을 할 수 없으니까 우리 찬우라도 이식받게 한다는 건데, 뭐가 그렇게 잘못이라고 다들 이래요? 내가 그렇게 나쁜 년이에요? 당신은 우리 찬우 불쌍하지도 않아요? 남들은 우리 찬우가 밝고 씩씩하다고 하지만, 그거 아니에요. 저 어린것이 엄마 아빠 걱정할까 봐 아파도 아픈 티를 안 내는 거예요."

울먹울먹, 억울한 듯 찬우 엄마의 눈두덩이가 붉게 물들어 있었다.

"시끄러워! 난들 안 그러고 싶겠어? 솔직히 가능만 하다면, 은진이 아니라 은진이 할아버지 심장이라도 훔쳐 오라면 그럴 거야."

"그, 그런데, 왜 나한테만 뭐라고 그래요?"

흑흑흑, 마침내 찬우 엄마가 눈물을 쏟아 내고 말았다.

"은숙아! 네 마음 백번 천번 이해해. 하지만, 일에는 순리라는 게 있는 거야."

"무슨 순리요? 내 눈앞에 저렇게 심장이 놓여 있는데?"

"진정하고 내 말 좀 들어 봐. 만약에 은진이가 수술을 받을 수 없는 상황이라면, 아무리 은진이 부모가 우긴다고 해도 수술은 못 할 거야."

"저, 정말? 당신이 그걸 어떻게 아는데?"

"찬우 엄마야, 말했잖아. 난들 그 심장이 탐이 안 나겠느냐고? 내가 이곳저곳에 다 물어봤어. 코노스에서도 이식 조건이 맞지 않으면, 절대로 심장 안 준다더라. 그러니까 기다리면 되는 걸, 바보처럼 왜 그렇게 산통을 깨 놓니?"

찬우 아빠가 답답하다는 듯이 가슴을 쳤다.

"찬우 아빠! 그, 그게 사실이에요?"

"그렇대두!"

"그래도 은진이네가 절대 포기하지 않으면 어떡해요?"

"음, 아마 그렇게까진 하지 않을 거야. 지금이야 어떻게든 수술을 시키고 싶겠지만, 의사도, 코노스도 안 된다는 걸 어떻게 할 거야?"

"아뇨. 은진 엄마라면 절대로 포기하지 않을 거예요. 절대로!"

"하아, 진짜 그러지 말래두? 일단, 당신이 먼저 은진 엄마한테 가서 사과해."

"아뇨. 절대 그럴 순 없어요. 내가 잘못한 게 뭐가 있다고 사과를 해요. 싫어요! 난 그렇게 못 해요."

찬우 엄마가 어금니를 악다물었다.

"하아, 이 사람이 진짜!"

은진의 집.

"여보, 난 절대 심장 포기 못 해. 이 심장은 우리 은진이 거야. 하늘이 우리 은진이한테 내려 주신 거라고!"

은진 엄마가 흐느끼며 어깨를 들썩거렸다.

"그래그래, 당신 맘 잘 알아. 나도 같은 생각이야. 하는 데까지 해 보자."

"그렇지? 당신도 마음 약해지면 안 돼! 내가 알아봤는데, 성공 확률이 떨어지는 거지, 불가능하다는 건 아니었거든? 그러니까 우리 하자, 이식수술."

"당연하지. 어떻게 얻은 기회인데, 이렇게 허무하게 날려 보내? 나도 절대 우리 심장 포기 못 해."

"고마워. 난 당신이 딴소리할까 봐 조마조마했어요. 만약에 당신마저 우리 은진이 심장 포기하라고 했으면……. 난, 못 버텼을 거야."

흑흑흑, 은진 엄마가 남편의 가슴에 얼굴을 묻고 하염없이 울었다.

토닥토닥.

"그래. 끝까지 가 보자. 무슨 방법이 있겠지. 다만, 당신이 먼저 찬우 엄마한테 사과해. 찬우 엄마가 오죽하면 그랬겠어? 나라도……."

"됐어요! 당신, 지금 무슨 말을 하려는 거예요? 내가 왜 그 사람한테 사과해야 하는데?"

은진 아빠의 사과라는 말에 그의 몸을 밀쳐 내는 은진 엄마였다.

"아, 아니, 그게 아니고, 두 사람 친자매처럼 잘 지냈잖아? 그런데 하루아침에 이래 버리면……."

"아뇨. 언니는 무슨 언니예요? 지금까지 전부 우리 은진이 심장을 노린 사탕발림이었어요. 나, 절대로 사과 못 해."

"하아, 여보!"

두 사람을 화해시키려는 찬우 아빠와 은진 아빠의 노력도 물거품이 되어 버린 순간이었다.

❤

그렇게 그토록 친했던 은진 엄마와 찬우 엄마의 감정의 골은 깊어져만 갔다. 병원 복도에서 우연히 마주쳐도 서로 얼굴을 돌렸으며, 휴게실에서조차도 같은 자리에 앉으려 하지 않았다.

두 사람은 이미 이전에 친했던 사이가 아니었다.

김윤찬 교수 연구실.

이 와중에 은진의 상태는 전혀 호전되지 않고, 제자리걸음

일 뿐이었다.

이택진이 김윤찬의 연구실을 찾아왔다.

"아주 찬바람이 쌩쌩 불던데?"

이택진이 의자에 몸을 내던지듯 앉았다.

"뭐가?"

"뭐긴 뭐야? 요즘 흉부외과 병동에서 최고 이슈 메이커들이지. 은진 어머니하고 찬우 어머니 말이야. 아주 서로 얼굴만 보이면 잡아먹으려는 것 같던데?"

"뭐, 당연한 거 아니겠어? 자식들의 생명이 걸린 일인데, 당연히 인지상정이지. 너라면 안 그러겠니?"

"하아, 하긴. 부모 마음이야 다 똑같지. 그나저나 은진이 상태는 좀 어떤 거야? 수술이 가능하겠어?"

"글쎄다. 아무래도 힘들다고 봐야지."

김윤찬이 천천히 고개를 내저었다.

"그러면 결국, 찬우가 심장을 받는 건가?"

"수순상 그렇게 가는 게 순리 아니겠어?"

"하아, 미치겠네. 이거 한바탕 또 난리가 날 것 같은데? 은진이 부모님들이 가만있겠어? 어떻게든 수술하겠다고 난리칠 텐데?"

이택진이 난감한 듯 자신의 이마를 문질거렸다.

"최대한 설득을 해 봐야지. 네가 은진 엄마 좀 설득해 볼래? 너 원래 이런 거 잘하잖아?"

"미쳤냐? 내가 그런 짓을 왜 해? 난 못 한다. 절대!"

윤찬의 설득이란 말에 이택진이 진저리를 쳤다.

"큭큭큭, 그래? 좋아. 그러면 설득은 일단 놔두고, 이건 어때?"

"뭘 말이야?"

"만약에 심장이 찬우한테로 가게 되면 찬우 이식수술은 네가 하는 건?"

"내, 내가?"

좀 전과는 달리 흐트러진 자세를 바로 세우는 이택진이었다.

"그래. 너도 충분히 할 수 있는 실력은 되잖아? 게다가 성공 사례도 충분하고."

"흠흠, 그거야 그렇긴 한데……. 물론, 당연히 되지. 하지만 이건 좀 문제가 되지 않을까? 은진 엄마도 그렇지만 찬우 엄마도 너한테 수술을 받고 싶어 할 텐데?"

"그러니까 묻는 거야. 찬우 부모님이 너한테 아이를 맡긴다고 하면 너 할 수 있냐고? 자신 없으면 당연히 내가 맡겠지만."

"아니! 누가 자신 없다고 그래? 당연히 자신은 있어."

이택진이 눈에 힘을 주며 입술을 굳게 다물었다.

"좋아. 그러면 이번 수술은 네가 집도해 봐. 수술 경험이야 내가 더 많겠지만, 택진이 네가 나보다 훨씬 더 섬세하고 꼼꼼하니까 찬우 같은 경우는 나보다 네가 훨씬 나을 거야."

"흠흠흠, 정말 그렇게 생각하나?"

김윤찬의 칭찬에 이택진의 광대가 승천하기 일보 직전이었다.

"그럼, 그럼. 보니까 내가 위협을 느낄 정도로 성장했던데?"

"하하하, 야야! 뭐, 그 정도는 아니고! 그건 그렇고, 그러면 은진이는 어떻게 하려고?"

"뭐, 은진이야 내가 끝까지 책임져야 하지."

"소아 심근병증이 이래서 무섭다. 최대한 빨리 잡아야 하는데 유아가 말을 못 하니, 치료 시기를 넘기기 일쑤야."

"그러게 말이다."

김윤찬 역시 안타까운 듯, 입술을 잘근거렸다.

"게다가 은진이 같은 케이스가 흔치 않잖아?"

"뭐, 통계로는 10만 명 중 1명꼴이니까, 결코 높은 확률은 아니지."

심근병증이란, 심장의 구조는 크게 문제가 없으나 심장을 둘러싸고 있는 심근이 기형적으로 비대해지거나 딱딱해져, 혈액순환이 제대로 되지 못하는 병이었다.

결국 심부전으로 발전해, 이식 말고는 답이 없는 병이었다.

보통은 노년기쯤에 심장의 기능이 떨어져 발생하는 병으

로, 은진이 같은 어린아이의 경우는 매우 드문 병이었다.

"하아, 10만 분의 1이라니! 신은 어떻게 이런 천사한테 이토록 가혹하시나? 게다가, 심장을 주셔 놓고 다시 뺏어 가시는 건 뭔 경우시라냐?"

'하늘도 무심하시지…….'

이택진이 안타까운 듯 천장을 올려다보았다.

"이게 신의 뜻이라면 어쩔 수 없는 것 아니겠니. 하늘은 인간이 견딜 수 있는 만큼의 시련을 주신다고 했으니, 지켜봐야 하지 않나 싶어."

"하아, 너, 무슨 방법이라도 있는 것처럼 말한다? 괜히 두근거리게?"

눈치 빠른 이택진이 김윤찬을 흘겨봤다.

"아마 있을걸."

"정말? 진짜 너는 뭐든 계획이 있는 놈이구나? 괜히 공수표 날릴 인간은 절대 아니고, 진짜 뭐가 있는 거야?"

이택진이 침을 튀기며 눈을 깜박거렸다.

"아마 지금쯤 태평양을 건너고 있을걸."

"누가, 누가 태평양을 건너?"

"누구긴? 벤이지."

"벤?? 벤이 누군데?"

"마이클 벤자민!"

"마, 마이클 벤자민?? 클리블랜드 심장 센터에 그 마이클 벤자민??"

이택진이 말을 더듬거리며 흥분했다.

"그래. 네가 알고 있는 그 마이클 벤자민 교수가 맞아. 내가 우리 병원에 초대했거든."

"와……. 해도 해도 너무하네. 너 이건 좀 심한 것 아니냐? 세상에 그 세계적인 석학을 동네 친구처럼 왔다 갔다 하라고 할 정도였어? 네 인맥이?"

"아냐, 아냐. 농담이야. 그런 건 아니고, 내가 은진이 관련 자료를 보내 줬는데, 벤이 무척 관심이 있었나 보더라. 그래서 이번에 한국에 들어오게 된 거야. 내가 오라고 해서 오는 거 아니고."

"아무튼! 벤자민 박사가 한국에 온다는 게 사실이잖아? 그 양반 모시려면 체류 비용이 절대 만만치 않을 텐데? 우리 병원 마 원장이 그걸 대 줬을 리는 만무하고 말이야. 은진이 네가 그렇게 부자였나? 내가 알기론 그 정도는 아닌 걸로 아는데?"

이택진이 고개를 갸웃거렸다.

"뭐, 네 말대로 전부 하늘의 뜻 아니겠냐? 아무튼, 벤이 한국에 들어온 건 팩트니까."

"혹시, 네 양어머니가 힘을 쓰신 거냐?"

이택진이 은근슬쩍 김윤찬을 떠보았다.

"잘 모르겠는데? 뭐, 그것도 하늘의 뜻이라면 뜻이겠지."

"하아, 하여간 비밀도 많은 새끼! 암튼, 진짜 너 대단하다. 이 새끼, 진짜 시골구석에서 공부나 좀 한다고 건방 떨더니, 여기까지 왔구나. 존경한다, 새끼야."

이택진이 김윤찬의 손을 부여잡았다.

"뭐, 그게 공부뿐이었나? 키로 보나 얼굴로 보나, 내가 그렇게 촌구석에서 썩을 관상은 아니지. 암!"

"하여간 조선놈들은 칭찬을 해 주면 안 돼요. 저거 봐라, 어깨에다 뽕 넣었냐? 완전 발사 직전이네? 그러다가 로켓 쏘겠네, 쏘겠어."

쯧쯧쯧, 이택진이 혀를 차며 고개를 내저었다.

"농담이야, 농담."

그러자 김윤찬이 손을 내저었다.

잠시 후.

그렇게 한바탕 상황이 정리된 후, 이택진이 조심스럽게 입술을 뗐다.

"벤자민 교수가 한국에 온다? 그렇다면……."

"그래, 지금 네가 생각하고 있는 것이 맞을 거야. 지금 상황에서 은진이가 할 수 있는 최선의 선택지는 벤자민 교수야. 물론, 그것이 내가 은진이한테 할 수 있는 최선이기도 하고."

"으음……. 그래. 지금 상황에선 그 방법이 최선일 수 있겠네. 무리하게 심장이식을 강행하는 것보다."

"그렇다고 볼 수 있지."

"그렇다면 결국 관건은 은진이 부모님을 설득하는 건데……. 그게 쉽지 않을 것 같은데?"

"그러게. 그것도 하늘의 뜻이겠지."

흐음, 김윤찬이 깍지를 낀 채 눈을 지그시 감았다.

그날 밤, 은진이의 병실.

하루 종일 기침과 가래에 시달렸던 은진은 한밤중이 돼서야 겨우 잠들 수 있었다.

아이의 손을 꼭 잡고 있던 은진 엄마는 천천히 손을 풀어 은진의 손을 이불 속에 넣어 주고는 자리에서 일어나려 했다.

"……엄마? 어디 가?"

그러자 은진이 눈을 떴다.

"어? 아니야, 아니야. 가긴 어딜 가?"

"그래?"

"응! 왜? 우리 은진이, 잠이 안 오니?"

"응. 잠 안 와."

은진이가 힘없이 고개를 끄덕였다.

"무서워서 그래?"

"아니, 그런 건 아니고."

"괜찮아. 엄마 우리 은진이 옆에 있으니까 아무 걱정 말고 코 자."

"알았어. 근데 엄마, 나 엄마한테 할 말 있어."

그러자 은진이가 제법 어른스러운 표정을 지었다.

"어? 엄마한테?"

"응."

"알았어. 어서 말해 봐."

"엄마, 내가 뭐 하나만 물어볼 테니까 솔직히 말해 줘?"

"솔직히? 음, 아, 알았어. 뭔데 그래?"

"엄마, 찬우 엄마랑 싸웠어?"

은진이가 심각한 표정으로 물었다.

"어? 아, 아니? 어른이 무슨 애처럼 싸우니? 안 싸웠어."

은진 엄마는 당황했지만, 애써 태연한 척했다.

"그런데, 왜 찬우는 다른 방으로 간 건데?"

"아, 그, 그건. 이제 찬우도 너도 컸으니까, 남자들만 있는 방으로 옮긴 거야. 엄마랑 싸워서 그런 거 아니야."

은진 엄마가 조금은 당황한 표정으로 말했다.

"그럼 아줌마는 우리 방 왜 안 와? 엄마랑 싸워서 안 오는 거 아냐?"

"어휴, 진짜 안 싸웠다니깐?"

"에이, 거짓말! 엄마가 그랬잖아. 이 세상에서 제일 나쁜 사람이 거짓말하는 사람이라고."

"……."

거짓말이란 말에 은진 엄마가 할 말을 잊은 듯했다.

"예전에 우리 유치원 선생님이 그랬는데, 싸웠을 때 먼저 사과하는 사람이 제일 훌륭한 사람이라고 했어. 그러니까 엄마가 찬우 엄마한테 먼저 사과해. 응?"

"은진아, 어른들 일에 신경 쓰는 거 아냐. 그리고 엄마랑 찬우 엄마가 말다툼을 한 건 맞는데, 네가 생각하는 것처럼 싸운 건 아니야. 그러니까……."

"엄마, 만약에 아빠가 죽으면 엄마는 살 수 있어?"

은진 엄마의 말이 끝나기도 전에 은진이가 뜬금없는 질문을 던졌다.

"어? 그, 그게 무슨 소리니?"

"말해 봐. 엄마 아빠 엄~청 사랑하잖아. 근데, 만약에 아빠가 죽으면 어떻겠어? 난, 엄청 엄청 슬플 거 같거든."

이미 은진의 두 눈에 눈물이 고여 있었다.

"아니, 그, 그런 말이 어딨어? 아빠가 왜 죽어. 은진아, 아빠 엄청 건강해서 절대 그럴 일 없어."

"그러니까 말해 봐. 아빠랑 엄마랑 얘기하는 거 다 들었어. 당신 나 죽으면 어떡할래? 그렇게 아빠가 물어보니까, 엄마가 따라 죽는다고 했잖아. 엄마가 그랬지?"

"그, 그래. 맞아. 엄마는 아빠 너무너무 사랑해. 그래서 아빠 없으면 못 살 것 같아. 그러니까 괜히 그런 말 하지 마. 엄마 무서워."

"거봐, 엄마도 아빠 없으면 못살잖아. 나도 그렇거든?"

"어? 그렇……다니? 은진아, 그게 무슨 말이야?"

"나도 찬우 없으면 너무 힘들 것 같아. 이거 볼래? 찬우가 나한테 선물로 준 거야."

드르륵, 은진이가 침대 옆 서랍을 열더니 뭔가로 곱게 싸인 조그마한 상자 하나를 꺼냈다.

"이게 뭔데?"

"찬우가 나중에 우리 엄마만큼 커서 어른 되면 결혼하자고 했어. 결혼하면 찬우가 아빠 되는 거 아냐?"

은진이가 조막만 한 손으로 상자를 열자 분홍색 플라스틱 반지 하나가 튀어나왔다.

"뭐라고??"

당황한 은진 엄마의 주먹이 입 속으로 들어갈 수 있을 만큼 커졌다.

"찬우가 결혼하자고 해서, 나도 좋다고 했거든. 난, 이 세상에서 엄마 아빠 다음으로 찬우가 젤 좋아. 그런데, 찬우가 죽으면……."

우앙, 마침내 은진이가 닭똥 같은 눈물을 뚝뚝 떨어뜨리며 울음을 터뜨렸다.

"얘가 지금 무슨 소릴 하는 거야? 찬우가 왜 죽어?? 그만 뚝! 자꾸 울면 엄마한테 혼나?"

황당한 상황이 벌어지자 은진 엄마가 얼굴을 붉혔다.

"엄마, 나도 다 알아. 나, 여기가 아파서 심장 수술 못 받는 거지?"

은진이 가슴을 문지르며 울먹였다.

"아니? 누가 그래? 우리 은진이 수술해서 운동장도 뛰어다니고 그네도 타고 할 거……."

"찬우가 그러면 되잖아? 엄마도 아빠 없으면 못 산다고 했잖아. 앞으로 찬우는 나랑 결혼할 거니까, 나도 찬우 없으면 못 살 것 같아. 그러니까, 내 심장 찬우한테 줘, 엄마! 응?"

"으, 은진아……."

은진 엄마는 더 이상 말을 잇지 못하며 울먹일 수밖에 없었다.

"엄마, 난 찬우가 박치성 선수처럼 축구도 하고, 높은 산에도 올라가고 정글짐에도 잘 올라갔으면 좋겠어!"

"흑흑흑, 흑흑흑"

은진 엄마가 양손으로 얼굴을 부여잡으며 한없이 울었다.

"엄마, 난 정말 괜찮아. 찬우가 나 끝까지 지켜 준다고 했거든! 정글짐에도 업고 올라가고, 그네도 밀어 주고 전~부 해 준다고 했단 말이야. 그러니까, 난 괜찮아."

"은진아, 엄마 속상하게 왜 그래? 자꾸 그런 말 하면 못 써!"

"엄마! 저기 할머니가 그랬어. 이 세상에서 제일 슬픈 게 사랑하는 사람이 이 세상에서 없는 거래. 나도 찬우가 없으면 너무너무 슬플 것 같아. 그러니까 엄마가 먼저 가서 말해."

"뭐, 뭘 말하라는 거야?"

"나 대신 수술해서 꼭, 박치성 같은 축구 선수 되어 달라고. 난 시시한 사람이랑 결혼하는 건 싫단 말이야."

"은진아!!"

와락, 은진 엄마가 은진이를 끌어안아 버렸다.

그리고 며칠 후, 은진 엄마가 찬우 엄마를 만났다.

한참 동안의 침묵. 두 사람은 어색하게 손가락만 만지작거리며 아무 말도 못 했고, 멍하니 하늘만 바라볼 뿐이었다.

"언니!"

"다은아!"

동시에 말문을 연 두 사람

"먼저 말해, 다은아."

"아냐, 언니가 먼저 말해요."

은진 엄마가 어색하게 웃으며 차례를 찬우 엄마에게 넘겼다.

"후우, 그래. 내가 먼저 말할게. 지, 지난번에 말이야. 내가 미쳤나 봐. 하지 말아야 할 소릴 해 버렸어. 정말 미안해,

다은아."

바싹 말라 갈라진 입술, 핏기 하나 없이 파리한 얼굴을 한 그녀. 며칠 사이에 얼굴이 반쪽이 되어 버린 찬우 엄마였다.

"알긴 아나 보네. 진짜 언니가 너무했지. 내놓으라고 할 걸 내놓으라고 해야죠. 내 팔, 내 다리를 내놓으라면 놓겠지만, 그건 아니지."

후후후, 은진 엄마가 허탈한 듯 입가에 미소를 띠었다.

"그러게 말이야. 내 새끼 귀한 줄 알면 남의 새끼 귀한 줄도 알아야 하는데, 아무리 생각해도 내가 정신이 회까닥 돌았나 봐."

"괜찮아, 언니. 나도 언니한테 미친년이라고 했는데 뭐. 막장은 나도 언니 못지않게 막장이었어요."

후훗, 은진 엄마가 웃으며 찬우 엄마의 손을 꼬옥 잡아 주었다.

"흑흑흑, 나도 괜찮아. 너한테 미친년 소리 들으니까 정신이 번쩍 들더라. 정말 내가 미쳐도 단단히 미쳤지. 어떻게 은진이 심장을 달라는 소릴 하……."

"언니! ……은진이 심장, 찬우 줘요."

찬우 엄마의 말이 떨어지기가 무섭게 은진 엄마가 말을 이었다.

"어? 그, 그게 무슨 소리니? 내가 지금 무슨 말을 들은 거야?"

깜짝 놀란 찬우 엄마가 눈을 깜박거렸다.

"우리 은진이 심장! 찬우에게 주겠다고요!"

"너, 너…… 지, 지금 나 떠보려는 거지? 이러지 마. 나 진짜 요 며칠 동안 잠 한숨 못 자고……."

"우리 은진이가 찬우한테 주래. 그러니까 언니가 은진이 심장 가져가요. 나 마음 변하기 전에 빨리 말해요. 가져갈 거예요? 말 거예요? 셋 셀 때까지 말해요. 그동안 말 안 하면 그냥 없었던 일로 할 테니까? 하나, 둘……."

"하, 할게! 받는다고, 심장!"

셋이 세지기도 전에 찬우 엄마의 목소리가 끼어들었다.

"거봐. 그럴 거면서 괜히 내숭은?"

"다, 다은아! 너, 정말 왜 사람을 이렇게 비굴하게 만들어? 나, 지금 너무너무 너한테 미안한데, 근데 너무 기뻐! 이, 일을 어쩌면 좋니? 나, 정말 미친년인가 봐."

흑흑흑, 찬우 엄마가 은진 엄마의 품에 안겨 하염없이 눈물을 흘렸다.

"진정해요. 그나저나 나중에 우리 은진이 데려가면 구박하면 안 돼요? 나, 그러면 그땐 진짜 가만 안 있어요?"

은진 엄마가 찬우 엄마의 등을 토닥거리며 말했다.

"어? 그게 무슨 말이니?"

"헐, 찬우가 아무 말도 안 했나 보네? 찬우 녀석 정말 이런 식이면 곤란한데?"

"무슨 소리야? 그게…….."

찬우 엄마가 옷소매로 눈물을 훔쳐 내며 어리둥절한 표정을 지었다.

"우리 은진이가 나중에 커서 찬우랑 결혼한대요. 벌써 찬우가 청혼까지 했다구요. 반지까지 주고."

"어머, 어머! 그 분홍색 플라스틱 반지 말하는 거니? 미치겠네. 난 또, 나한테 주는 건 줄 알고 계속 기다렸는데."

"네! 그거 우리 은진이한테 준 거래요. 나중에 결혼하자고."

"어이없네. 아들 새끼 잘 키워 봐야 나중에 남의 여자 좋은 일만 시킨다더니, 정말 우리 찬우가 이럴 줄은 몰랐네?"

"와, 지금 보니 언니, 나중에 우리 은진이 시집살이 제대로 시킬 것 같은데……. 갑자기 심장 안 주고 싶은데요?"

"아, 아니, 아니! 은진이 얘기가 아니고……. 그건 아니고."

찬우 엄마가 얼렁뚱땅 위기를 모면하려 했다.

"그러니까 말해 봐요. 우리 은진이 잘해 줄 거죠? 예뻐해 줄 거죠?"

또다시 은진 엄마가 눈물을 글썽거렸다.

"그럼, 그럼. 이 세상에 하나밖에 없는 내 딸인데, 내가 은진이를 구박하면 이 세상에 둘도 없는 미친년이지. 딸보다 더 많이 많이 사랑해 줄게. 다은아!"

"고마워요, 언니!"

와락, 은진 엄마가 찬우 엄마의 팔을 잡아끌어 당겼다.

그렇게 분홍색 플라스틱 반지 하나가 기적을 일으키는 순간이었다.

♥

김윤찬 교수 연구실.

그리고 다음 날, 은진이 부모가 김윤찬 연구실을 찾아왔다.

"……교, 교수님, 저 뭐 하나만 여쭤봐도 되겠습니까?"

말문을 연 은진 엄마의 목소리가 미세하게 떨렸다.

"네, 괜찮습니다. 뭐든 말씀하십시오."

"만약에 우리 은진이가 심장을 포기하게 되면, 찬우한테 갈 수 있는 건가요?"

"네, 그렇습니다. 코노스에서도 그 부분은 큰 문제가 없는 것으로 확인되었습니다. 그런데 왜 그런 걸 여쭤보십니까?"

"휴우, 다행이네요. 그러면 맘 놓고 포기할 수 있겠어요."

은진 엄마가 가슴을 쓸어내리며 안도의 한숨을 내쉬었다.

"네? 포기……한다고요? 지금 은진이 심장을 포기하시겠다는 말씀입니까?"

본의 아니게 설득할 필요가 없는 상황이 연출되고 말았다.

김윤찬이 은진 엄마의 말을 믿을 수 없었는지, 시선을 은진 아빠에게로 돌렸다.

"네, 교수님! 우리 은진이 심장, 찬우한테 양보하기로 했습니다! 반드시 찬우 수술 성공해 주십시오!"

"아, 정말, 결정하셨군요!"

찬우 아빠의 말을 듣고서야 이제야 믿을 수 있는 김윤찬이었다.

"네에. 조금이라도 확률이 높은 아이가 심장을 받는 게 맞을 것 같아요. 제가 괜한 욕심을 부렸습니다. 심려를 끼쳐 드려서 정말 죄송합니다, 교수님."

"아니에요. 제가 어머님 입장이었어도 결코 쉽지 않은 결정이었을 겁니다. 정말, 장한 결심을 하셨어요!"

김윤찬이 환한 얼굴로 은진 엄마를 격려했다.

"네에. 우리 찬우 잘 부탁드려요. 나중에 우리 사위가 될 녀석이니까요."

"하하하, 사위요?? 그건 또 무슨 말씀입니까?"

"어휴, 어처구니없게 찬우 녀석이 우리 은진이랑 결혼한다고 하네요. 이거 뭐, 어린애들 말을 어디까지 믿어야 할진 모르겠지만, 아무튼 요즘 애들 참 당돌하죠?"

은진 아빠가 머쓱한지 뒷머리를 긁적거렸다.

"아뇨, 아뇨. 누가 봐도 정말 잘 어울리네요! 녀석들 나중에 크면, 진짜 어디다 내놔도 눈에 확 띄는 커플이 될 겁니다. 찬우 녀석은 듬직하지, 은진이는 또 어떻고요? 우리 은진이처럼 인형 같은 아이가 또 어디 있습니까?"

"하하하, 그런가요? 사실, 우리 은진이가 좀 아깝죠?"

"음……. 솔직히 말씀드리면, 좀 그렇긴 합니다. 우리 은진이가 좀 밑지는 장사긴 해요!"

김윤찬이 주변을 두리번거리더니 목소리를 죽였다.

"역시, 교수님도 그렇게 생각하셨군요."

껄껄껄, 은진 아빠가 환한 미소로 화답했다.

이렇게 결국, 우여곡절 끝에 나온 심장은 찬우에게로 가게 되었다.

두 명의 천사 (2)

선뜻 심장을 내줬지만, 심장을 포기한 은진이 부모님의 상심은 말로 표현하기 어려웠으리라.

"흐음, 그러면 우리 은진이는 어떻게 되는 겁니까?"

좀 전까지만 해도 환하게 웃었던 은진 아빠의 얼굴에 그늘이 드리워졌다.

"음……. 글쎄요."

고개를 갸웃거리는 김윤찬.

"아무래도 우리 은진이는 쉽지 않겠죠? 언제 심장이 나올지도 모르고요."

후우, 은진 엄마 역시, 한숨을 내쉴 뿐이었다.

"아마 쉽게 나오지는 않을 겁니다. 은진이처럼 나이가 어릴 경우, 심장이식을 하는 조건 또한 까다로우니까요."

"네에, 저희도 그 정도는 각오하고 있어요."

"우선, 은진이 폐를 정상적으로 만들어 놓는 것이 중요합니다."

"네네. 저희도 알고 있어요. 얼른 은진이가 나아야 할 텐데요."

"네. 조금씩 호전되고 있으니, 그건 너무 걱정하지 않으셔도 됩니다."

"그나저나, 교수님! 제가 무식해서 제대로 아는 건지 모르겠는데, 아는 분이 그러시던데, 그 바……드라는 게 있다던데요. 그걸 달아 놓으면 심장 나올 때까지 충분히 버틴다고……."

은진 아빠가 조심스럽게 말문을 열었다.

"네. 그렇긴 합니다만, 은진이는 10만 명당 1명꼴로 발생하는 유아 심근병증으로, 예후는 매우 좋지 않아요. 이미 약물 치료로 심장 기능을 보존하기에는 시기적으로 늦었고……. 아버님 말씀대로 바드(심실 보조 장치)가 있는데, 은진이 같은 경우는 어른들처럼 체내에 심는 것이 아니라 체외형입니다."

"아! 그러면 그걸 달면 되지 않을까요?"

희망을 품은 은진 아빠의 눈이 반짝거렸다.

"저희도 생각을 안 한 건 아니지만, 몇 가지 문제가 있어요. 유지하기가 여간 까다롭지 않고, 게다가 설상가상으로 은진이는 여러 정황상 체외형도 삽입하기가 어렵습니다."

"거봐요! 교수님이 얼마나 유명하신 분인데, 그런 걸 모르고 있으셨겠어요? 괜히 당신 때문에 헛물만 켰잖아요? 무슨 대단한 발견이라도 한 것처럼 호들갑을 떨더니만."

그러자 은진 엄마가 짜증을 내며 자기 남편을 타박했다.

"죄송합니다. 교수님! 일단, 우리 아이 폐부종이라도 얼른 치료해 주십시오. 기침 소리만 들어도 제 가슴이 무너지는 것 같아요."

"네, 최선을 다하겠습니다."

김윤찬이 고개를 끄덕였다.

"교, 교수님, 정말 죄송한데, 교수님을 못 믿어서가 아니라요. 진짜 궁금해서 그러는데……."

은진 아빠가 한참을 망설이다가 김윤찬의 눈치를 보며 입술을 뗐다.

"뭘 그렇게 어려워하세요. 편하게 말씀해 보세요."

"네네. 그러면 염치 불고하고 편하게 말할게요. 혹시, 우리 은진이 미…… 미국 같은 데 가면 수술이 가능할까요?"

"아, 미국이요?"

"네에. 미국이면 왠지 수술을 할 수 있다는 생각이 들어서요. 저, 절대! 교수님을 무시해서가 아닙니다. 정말로요."

은진 아빠가 양손을 흔들며 정색했다.

"네, 맞습니다. 우리나라도 많이 발전한 건 사실이고, 의학적인 면에서 미국에 뒤질 것이 없긴 하지만, 그래도 흉부외과 측면에선 우리보다 미국이 한 수위인 것만큼은 부정할 수 없습니다."

"당신 오늘 진짜 왜 그래? 어디서 뭘 보고 다니길래 계속 실언을 하는 거예요? 그리고 우리가 미국을 어떻게 가요? 돈도 엄청 들 텐데?"

은진 엄마가 은진 아빠의 팔을 꼬집으며 나무랐다.

"괜찮아요. 사실은 사실대로 인정해야죠. 분명 미국이 시설 면에서나 기술 면에서 우리보다 한 수 위인 건 사실입니다."

그 모습에 김윤찬이 빙그레 웃었다.

"네네. 저도 얼마 전에 신문에서 봤는데, 클리블랜드병원인가? 거기 마이클 벤자민이란 의사가 있는데, 그 사람이 그렇게 유명하다면서요?"

오만 가지 정보를 다 찾아봤는지, 은진 아빠의 입에서 마이클 벤자민의 이름이 나왔다.

"아이쿠, 저도 좀 분발해야겠네요. 아버님이 아실 정도면 벤자민 교수가 유명하긴 하나 봅니다."

"아뇨, 아뇨. 은진이 때문에 이것저것 뒤적거리다 우연히 알게 됐어요. 최근에 미국에서 은진이만 한 아이 수술을 성공적으로 끝냈다는 기사를 읽어서……."

민망한지 은진 아빠가 말끝을 흐렸다.

"네, 맞습니다. 흉부외과에선 미다스의 손으로 일컬어지는 명의입니다, 벤자민 교수님은."

"그, 그렇습니까? 하아, 그런 분한테 수술받는 건 불가능하겠죠? 물론 돈도 어마어마하게 들 거고."

꼴깍, 은진 아빠가 마른침을 삼켰다.

"네. 돈도 돈이지만, 대기 중인 환자 수도 많아서 조금 어려울 수도 있습니다."

"하아, 그렇군요. 그림의 떡인 거군요."

은진 아빠가 상심한 듯 고개를 떨궜다.

"거봐요! 왜 쓸데없는 소릴 해서 교수님 심란하게 만들어요?? 누울 자리를 보고 뻗으라는 말도 몰라요, 당신은?"

"아, 아니 그게 아니라."

"뭐가 그게 아니에요. 올라가지 못할 나무는 쳐다보지도 말라고 했어요! 괜히 희망 고문 하지 말고, 당장 교수님께 사과드리세요. 이게 무슨 경우 없는 짓이에요!"

은진 엄마가 버럭거렸다.

"하아, 교수님, 무례하게 굴어서 죄송합니다. 전 그냥 답답한 마음에……."

"아뇨, 아뇨. 괜찮습니다. 그리고 희망 고문이 아닐 수도 있죠. 왜 그걸 희망 고문이라고 생각하세요?"

"네? 그, 그게 무슨 말씀입니까?"

"아……. 뭐, 잘될 거란 말입니다. 우리말에 지성이면 감천이란 말도 있잖아요. 하늘이 소중한 심장을 내려 주셨고, 천사 같은 은진이가 그 심장을 찬우에게 양보했으니, 그만한 상을 주지 않을까요? 하늘이 무심하지 않다면요."

김윤찬이 두 사람을 보며 빙그레 웃었다.

"그렇게만 된다면 얼마나 좋을까요? 하지만 괜찮아요. 우리 은진이가 김 교수님을 만난 것만으로도 천복을 받았다고 생각하니까요. 정말, 정말 감사합니다. 교수님!"

은진 엄마가 김윤찬에게 고개 숙여 인사했다.

은진 어머님, 아버님!

당신들이 그토록 기다리던 벤자민 교수가 지금 서울에 있습니다! 조만간 만나 뵙게 될 거예요.

"아니에요. 저야 항상 최선을 다할 뿐입니다. 장담컨대, 하늘도 우리 은진이의 예쁜 마음에 보답할 겁니다. 전 그렇게 믿어요."

김윤찬이 윤진이 부모님의 어깨를 부드럽게 다독거려 주었다.

이택진 교수 연구실.

찬우의 심장이식 수술이라는 중책을 맡게 된 이택진.

코노스를 비롯해 연희병원 장기이식 센터 담당자와 수술

일정을 잡기 위해 분주히 움직이고 있었다.

진행 상황이 궁금한지 김윤찬이 이택진의 연구실을 찾아왔다.

"이 교수, 코노스 측하고는 협의 잘하고 있어?"

"그럼, 그럼. 착착 순조롭게 진행되고 있지. 아마 내달 초순이면 뇌사자 심장을 적출할 수 있을 거야."

"다행이네. 한영대병원이지?"

"어, 그날 간하고 각막, 신장까지도 한꺼번에 적출할 예정인 것 같더라."

"그래. 그러면 우리 병원에선 누가 가나?"

"음, 조 선생하고 장영은 선생을 보낼까 해. 장 선생 보내도 괜찮겠지?"

"안 괜찮을 거 있나? 대부분의 일은 조 선생이 알아서 할 거고 영은이야 옆에서 도와주기만 하면 되는데. 어려울 거 없어."

"그래. 요즘 장 선생 보니까, 진짜 진국이더라. 레지던트 때 널 보는 것 같아. 인성도 인성이지만, 보는 눈이 꽤 날카롭던데? 이론적으로도 탄탄하고."

"그래. 분명 잘 성장하면 좋은 써전이 될 재목이야."

"잘 키워 봐라. 가뜩이나 흉부외과에 쓸 만한 놈들이 없어서 죽겠는데, 진짜 하느님이 보우하사, 우리 영은이 만세다! 호박이 넝쿨째 굴러들어 온 거라고."

"그래야지. 나도 같은 생각이야. 아무튼, 차질 없이 수술 준비 잘하도록 해. 어느 심장 하나 소중하지 않은 건 없겠지만, 진짜 이번에는 하늘이 내려 주신 귀한 심장이야. 조금도 소홀함이 없어야 할 거야."

"알았어! 그나저나 나한테 이런 기회를 줘서 고맙다. 솔직히 연희에 복귀한 이후로 자신감이 많이 떨어졌거든. 너 덕분에 용기를 얻었어."

"헛물켜지 마라. 내가 결정한 게 아니고, 고함 교수님이 너한테 한번 맡겨 보라고 하시더라."

"고함 교수님이??"

깜짝 놀란 이택진이 눈을 크게 떴다.

"그래. 다른 건 몰라도 양대정맥 이식은 나보다 네가 더 잘할 거라고 하시더라."

"정말? 진짜 고함 교수님이 그러셨다고?"

"그래, 인마. 네가 나보다 손끝은 훨씬 섬세하다고 하시더라고. 솔직히 존심이 좀 상하긴 하던데?"

"하하하, 그, 그래? 역시 고 교수님이 보는 눈이 있으시구나?"

하하하, 이택진이 기분이 좋은 듯 파안대소했다.

"우쭐거리긴! 그러니까 잘해. 믿어 주시는 고함 교수님 얼굴에 먹칠하지 말고."

"암! 당연히 그래야지. 그나저나 고 교수님은 좀 어떠셔?

현업 복귀는 가능하실까?"

"조금씩 회복되고 있으시니 곧 복귀하실 수 있을 거야. 연희병원 흉부외과 수장 자리는 한상훈 따위가 꿰차고 앉아 있을 자리가 아니니까."

"두말하면 잔소리지. 하루빨리 고 교수님이 복귀하셨으면 좋겠다. 뭔가 흉부외과가 텅 빈 느낌이야."

"그러게."

흐음, 김윤찬이 짧게 한숨을 내뱉었다.

"이게 몸에 인이 박여서 그런가? 고함 교수님 쌍욕을 못 들어 처먹으니까 좀이 쑤셔."

"너도 그러냐? 나도 그렇더라. 어디서 큰 소리만 나도 교수님이 오신 것 같아서 창밖을 내다보게 돼."

"맞아! 진짜 독특한 캐릭터셔, 고함 교수님!"

"그러게 말이다. 어디서 그런 분을 만나냐."

"아! 그나저나 아까부터 너한테 물어보려고 그랬는데, 깜빡한 게 있어."

딱, 이택진이 손가락을 튕기며 김윤찬에게 물었다.

"뭘?"

"벤자민 교수 말이야. 내가 알기론 며칠 전에 한국에 도착한 걸로 아는데, 왜 두문불출이야?"

"음……. 글쎄다. 나도 그게 좀 이상하긴 해."

이택진의 질문에 김윤찬이 고개를 갸웃거렸다.

"그래? 너도 잘 몰라? 공항에도 나오지 못하게 했다면서?"

"어. 좀 바쁘기도 했지만 짬을 내서 나가려고 했는데, 한사코 만류하시더라. 개인적으로 한국에 볼일이 있다고 말이야."

"좀 불안하네? 혹시 벤자민 교수 신변에 무슨 일이 있는 건 아니겠지?"

이택진이 양 볼을 부풀리며 걱정스러운 표정을 지었다.

"그건 아닌 것 같아. 수행 비서하고는 연락을 해 봤는데, 특이 사항은 없다고 하시더라."

"그럼 다행이긴 한데, 아후. 아무래도 불안하긴 하다. 은진이 수술 못 할까 봐."

"아닐 거야. 일단, 은진이에 관한 자료를 보내 달라고 해서 전부 보내 줬거든. 나름대로 검토를 해 보시려고 하는 것 같아. 뭔가 머릿속에 구상하고 계신 게 있으시겠지."

"제발 무탈하게 은진이 심장 수술이 이뤄져야 할 텐데…… . 진짜 만약에 은진이 수술 못 하면, 나 진짜 하나님, 부처님, 알라신까지 전부 미워할 거야."

"후훗, 그럴 일 없을 테니까 걱정 마. 곧 모습을 드러내시겠지."

말은 그렇게 했지만, 불안한 건 김윤찬도 마찬가지였다.

"그나저나 은진이 부모님은 아직 모르지? 벤자민 교수가 은진이 집도하는 거."

"어, 아직 말 안 했어. 괜히 먼저 말했다가 나중에 잘못되면 안 되니까."

"그건 잘했네. 와, 벤자민 교수가 집도한다는 걸 알면 까무러치겠는데? 벤자민 교수가 TV에도 많이 나왔고, 워낙 유명한 의사니 엔간하면 알 텐데 말이야."

"심장병을 가진 아이를 둔 부모 중에 벤자민 교수 모르는 사람이 어디 있겠냐. 다들 교수님한테 수술받는 걸 꿈꿔 봤을 텐데. 은진이 부모들도 당연히 알고 있더라."

"그래? 아무튼, 이번 수술 잘됐으면 좋겠다. 이참에 너도 그 신기의 술기 좀 배워 두면 좋고."

"당연하지. 미국에 있을 때 두어 번 수술방에 같이 들어갔는데, 카리스마가 정말 어머어마하더라. 진짜 멋진 분이셔."

"캬! 천하의 김윤찬이 이렇게 말할 정도라니, 얼마나 대단한 사람일까? 나도 궁금해지네."

흐음, 이택진이 눈매를 좁히며 호기심을 내비쳤다.

❥

그리고 그날 밤, 벤자민 교수와 함께 내한한 클리블랜드 흉부외과, 엠버드 찬으로부터 전화가 왔다.

"네. 김윤찬입니다."

―닥터 라이언! 저, 엠버드 찬입니다.

"네, 교수님! 그동안 잘 계셨습니까?"

―물론이죠. 아주 잘 지내고 있었습니다. 그나저나, 내일 시간 되시면 함께 식사나 하시죠.

마침내 벤자민 교수 측에서 김윤찬에게 연락을 취했다.

서울 엘리엇칼튼 호텔.

엠버드 찬의 연락을 받은 김윤찬이 벤자민 교수를 만나기 위해 그가 묵고 있는 서울의 한 호텔로 갔다.

"엠버드 교수님!"

"와우, 오랜만입니다. 닥터 라이언!"

엠버드 교수가 미리 준비한 장소로 가자, 기다리고 있던 엠버드가 김윤찬을 반갑게 맞아 주었다.

"그러게요. 오랜만입니다. 한국 여행은 처음이시죠? 어떠셨습니까?"

"원더풀! 정말 서울은 아름다운 곳이더군요. 서울의 매력에 빠졌어요."

"다행이군요. 그나저나 벤자민 교수님은……."

김윤찬이 주변을 두리번거리며 물어보았다.

"곧 오실 겁니다. 일단 차나 한잔 하시죠."

"네, 그렇게 하시죠."

잠시 후, 두 사람이 차를 마시며 환담을 나누는 사이, 벤자민 교수가 룸 안으로 들어왔다.

"닥터 라이언! 어서 와요."

"어??"

벤자민의 목소리가 들리자 김윤찬이 뒤를 돌았고, 그의 모습을 본 김윤찬이 벌린 입을 다물지 못했다.

"하하하, 놀랐습니까?"

오른팔에 깁스를 한 벤자민 교수. 팔을 살짝 들어 올리며 익살스러운 표정을 지었다.

"이, 이게 어떻게 된 겁니까, 교수님?"

깜짝 놀란 김윤찬이 자리에서 벌떡 일어났다.

"어쩌다 보니 이렇게 됐습니다."

벤자민 교수가 대수롭지 않다는 듯이 자리에 앉았다.

"사고가 나신 겁니까?"

"네. 뭐. 가벼운 교통사고가 있었죠?"

"한국에서 말입니까?"

"노우! 한국에서는 아무 일도 없었어요. 미국에서의 사고였어요."

"미국에서요?"

벤자민 교수는 미국에서의 사고로 오른팔을 쓸 수 없는 상황이었다.

그렇다면, 김윤찬이 연락을 취했을 당시에 이미 수술을 할 수 있는 상황이 아니었음을 의미했다.

수술도 할 수 없는 사람이 한국까지?

그것도 그 많은 스케줄을 전부 뒤로하고?

의문이 들지 않을 수 없는 김윤찬이었다.

"그런 말씀은 없으시지 않았습니까?"

"하하하, 어른이 이 정도 가지고 엄살을 피우는 것도 좀 우습잖아요."

"아……. 그러면 치료는 어떻게 하고 계신 겁니까?"

"특별히 치료랄 것도 없어요. 나이를 먹어서 그런가 부러진 뼈가 잘 붙질 않을 뿐이죠?"

벤자민 교수가 만면에 미소를 띠며 환하게 웃었다.

"하아, 그러면 회복하시는 데 얼마나 걸릴까요?"

이렇게 되면 은진이 수술은 어떻게 되는 것인가?

조바심이 난 김윤찬이 애를 태우고 있었다.

"음, 아마 두 달은 이렇게 윙이(외팔이의 속어) 신세를 져야 하지 않을까요?"

"그, 그렇다면??"

쿵, 김윤찬은 심장이 무너져 내리는 기분이었다.

두 달이라면 오른손잡이인 벤자민이 한국에 있는 동안은 아무것도 할 수 없다는 것을 의미했다.

"은진 양 수술을 걱정하는가 보군요?"

벤자민 교수가 새하얗게 핏기가 걷혀 새하얘진 김윤찬의 얼굴을 보며 재밌다는 표정을 지었다.

"네, 그렇습니다. 제가 알기론 한국 일정이 6주로 알고 있는데, 그렇게 되면 수술은 어떻게 되는 겁니까?"

"Not rocket science(걱정 마, 어렵지 않아)!"

"네? 어렵지 않다니, 그게 무슨 말씀입니까?"

"나 대신 닥터 라이언이 집도하면 되죠."

벤자민 교수가 턱짓으로 김윤찬을 가리켰다.

"네? 저보고 집도를 하라고요? 지금 농담하시는 겁니까?"

"하하하, 닥터 라이언의 얼굴이 붉어지는 걸 보니, 더 놀리고 싶은 생각이 드는데요? 그렇죠? 엠버드 교수?"

"하하하, 그렇습니다. 아주 얼굴이 토마토케첩처럼 붉습니다."

옆에 있던 엠버드 교수마저 합세해 김윤찬을 놀리기 시작했다.

"하아, 교수님, 지금 정말 농담하실 때가 아닙니다. 일단, 우리 병원으로 가서 정확한 진단을 받으시는 게……."

"웁스! 우리 클리블랜드 병원, 정형외과를 무시하시는 겁니까? 요골이 완전히 부서졌고, 주변의 인대도 전부 끊어지는 제법 큰 사고였습니다. 뭐, 연희병원의 의술을 무시하는 게 아니라, 제 팔은 두 달 안에 고치기 힘들어요. 고칠 수 있었다면 클리블랜드에서 고쳤겠죠."

"그러면 왜 한국에……."

"그러면 왜 닥터 라이언이 연락했을 때 말하지 않았냐? 뭐, 이런 겁니까?"

"네에, 그렇습니다."

"그때야 당연히 내 오른팔이 멀쩡했으니까 그랬죠. 닥터 라이언의 연락을 받은 후에 팔을 다쳤어요. 닥터 라이언이 준 자료 열심히 분석하고 공부했는데 이게 무슨 일인지."

웁스! 벤자민이 아쉽다는 듯 고개를 내저었다.

"그러면 연락을 주지 그러셨습니까?"

여전히 난감한 표정의 김윤찬이었다.

"사실 그 문제로 여기 있는 엠버드 교수를 비롯해 여러 교수와 장시간 회의를 했었죠. 그런데 그 자리에서 나온 결론이 뭔지 아십니까?"

벤자민 교수가 흥미로운 표정을 지었다.

"어떤?"

"거의 만장일치로 이 수술은 닥터 라이언한테 맡기자는 것이었습니다."

"네? 저한테요??"

여전히 믿을 수 없다는 표정의 김윤찬이었다.

"그렇습니다. 바티스타2 오퍼레이션은 저 혼자 완성시킨 게 아니지 않습니까? 닥터 라이언이 없었다면 아마 꿈도 꾸지 못했을 겁니다. 여기 있는 엠버드 교수나, 클리블랜드 교수들도 전부 저와 같은 생각이고요. 안 그래요? 닥터 엠버드?"

바티스타2 오퍼레이션.

은진이처럼 확장성 심근병증을 치료하기 위한 수술. 심장 이식 없이 심장을 재건하는 수술로 한때 각광을 받았으나, 낮은 성공률 및 부작용으로 반짝하고 사라진 수술이었다.

하지만 벤자민 교수가 각고의 노력으로 성공률을 극적으로 향상시켰으며, 부작용 또한 혁신적으로 개선한 수술법을 개발했다.

그 수술이 바로, 바티스타2 오퍼레이션이었다.

"Sure as shooting(두말하면 잔소리죠)!"

"하하하, 그것 보십시오. 그렇다고 하잖습니까?"

"저를 그렇게 높이 평가해 주시는 건 너무 감사한 일이지만, 아직까지 제 경험이 일천해서 감히 상상도 할 수 없는 일입니다."

"Don't be modest(겸손할 필요 없어요)! 한국에선 겸손이 미덕일지 모르나 우린 아닙니다. 충분한 실력을 갖췄는데 그걸 쓰지 않는 것은 미련한 생각이에요. 경험이란 건 처음이 있어야 쌓이는 겁니다. 처음이 없으면 경험은 아예 존재하지 않아요."

"아무리 그래도……."

여전히 김윤찬은 신중한 태도를 보였다.

"너무 걱정하지 말아요. 제가 있지 않습니까? 제가 닥터 라이언의 옆에서 어시스트를 서겠습니다."

"네? 정말이십니까?"

"그렇습니다. 닥터 라이언, 생각해 보세요. 당신도 잘 알겠지만, 내가 이렇게 오랜 시간 동안 병원을 비워 둘 처지가 되는 사람입니까? 내 팔이 이 지경이 되었으니 가능한 일 아닙니까?"

하긴 그랬다.

벤자민 교수가 6주간 한국에 머문다고 했을 때, 의아하긴 했다.

수많은 대기 환자는 물론이고 논문에 강의, 그리고 미국 전역을 돌아다니며 하는 강연까지.

눈코 뜰 새 없이 바쁜 그였기에 6주간의 한국 일정은 아무리 생각해도 무리였던 것.

"네, 저도 처음에 일정을 확인하고 좀 놀랐습니다."

"그래요. 이 모든 것이 하늘의 뜻입니다. 그나마 이 입은 다치지 않은 게 얼마나 다행이에요. 제가 돕겠습니다. 닥터 라이언이라면 충분히 해낼 수 있을 겁니다."

벤자민 교수가 확신에 찬 눈빛으로 김윤찬을 응시했다.

"이런 걸 두고 한국에선 뭐라고 하더라? 영어로는 'Devotion will touch heaven'이라고 하는데? 내가 분명 윤이나 교수한테 들었는데? 지, 썽이면……."

엠버드 교수가 고개를 갸웃거리며 한국어를 웅얼거렸다.

"'지성이면 감천'이라고 합니다. 제 아내가 그러던가요?"

"맞아요. 제니퍼가 알려 줬어요."

제니퍼는 윤이나의 미국 이름이다.

"미라클 찬! 당신의 실력을 의심하지 말아요. 닥터 라이언의 닉네임처럼 잘해 낼 겁니다. 우리 같이 은진이를 살려 봅시다. 내가 가지고 있는 모든 것을 당신한테 전수하겠소."

미라클 찬은 존스홉킨스에서 김윤찬에게 지어 준 애칭이었다.

어느새 미국의 거의 모든 흉부외과 의사들이 김윤찬의 애칭을 즐겨 쓰고 있었다.

덥석, 벤자민 교수가 김윤찬의 손을 부여잡았다.

"교수님 죄송하지만, 선뜻 결정하긴 어려울 것 같습니다. 다른 모든 환자도 마찬가지지만, 은진이는 제가 반드시 살려 내고 싶은 환자입니다. 그런데 단 한 번도 해 보지 못한 수술을 제가 할 수는 없는 노릇입니다. 쉽게 결정하긴 어렵습니다."

"음, 좋아요! 기다리겠습니다. 하지만, 그렇다고 마냥 기다릴 수만은 없어요. 만약에 닥터 라이언이 집도를 하지 않는다면 내가 이곳에 머무를 이유가 없으니까요. 물론 이 매력적인 나라를 맘껏 돌아볼 수 없는 건 아쉬운 일이지만."

"네, 알겠습니다. 며칠 안으로 연락을 드리겠습니다."

그렇게 김윤찬이 꽤 어려운 숙제를 받아 연희병원으로 돌아왔다.

♥

김윤찬 교수 연구실.

자신이 없는 건 분명 아니었다. 이론적으로 완벽하게 갖춰져 있었고, 수차례 벤자민 교수를 보조했었다.

그렇기에 수술할 수 있는 기회만 온다면 언제든지 잘해 낼 수 있다는 신념이 있는 그였다.

언젠가는 자신의 손으로 바티스타2 오퍼레이션을 집도할 날이 올 것이라는 확신은 있었으나, 너무나 급작스럽게 다가온 첫 수술이었기에 신중할 수밖에 없는 김윤찬이었다.

"윤찬아! 해 봐. 너라면 충분히 할 수 있어. 네 손을 믿어! 너답지 않게 왜 이렇게 의기소침해? 이번 기회에 네가 우리나라 최고의 타짜라는 걸 세상에 알리는 거야."

김윤찬으로부터 소식을 접한 이택진이 그를 격려했다.

"자신이 없어서가 아니야. 하필 은진이가 내 첫 환자라는 게 마음에 걸려서 그런 거지. 난 어떻게든 은진이를 최고의 의사 손에 맡기고 싶었거든."

"후후후. 내가 볼 땐, 네가 최고야. 네가 우리나라 최고의 흉부외과 써전이라고."

이택진이 엄지를 추켜세웠다.

"고맙네. 그렇게 높이 평가해 줘서."

"그냥 하는 말이 아니야. 은진이를 가장 잘 알고 있는 사람도 너야. 지금 너보다 은진이를 많이 알고 있는 사람은 없다. 환자를 가장 잘 알고 이해하는 사람이 집도하는 게 뭐가 이상해?"

"그건 그렇긴 하지만, 전혀 대안이 없는 것도 아니잖아. 은진이는 지금처럼 대증 치료에 전념하면서 케어한 다음, 벤자민 교수가 완쾌할 때까지 기다리면……."

"아니지. 그동안 은진이한테 무슨 일이 일어날지 알아서? 그리고 벤자민 교수가 완쾌되면 또 그게 쉽냐? 미국으로 넘어가야 하고, 그리고 벤자민 교수가 좀 바쁜 사람이야? 그렇게 되면 모든 것이 너무 복잡해져. 지금이 은진이를 살릴 수 있는 절호의 기회라는 걸 왜 몰라?"

이택진이 안타까운 듯 김윤찬을 설득했다.

"그래. 네 말도 일리는 있어. 하지만……."

"윤찬아, 주저할 것 없어. 벤자민 교수가 퍼스트에 서겠다잖아? 그런데 뭐가 문제야? 한번 해 보는 거야. 용기를 내."

"용기를 낸다고 해결될 일이 아니야. 한 아이의 생명이 걸린 일이니까."

"음, 늙은 거냐, 몸을 사리는 거냐? 내가 알고 있는 김윤찬은 이러지 않았어. 강경파 회장을 살릴 때도, 정선분원에서 네 양어머니를 살려 낼 때도, 그리고 수없이 많은 죽어 가는 환자를 살려 낼 때도 넌, 아무것도 의심하지 않았어. 어떻게든 살려야 한다는 목표 하나뿐이었지."

"……."

"어떻게 결정을 하든 네 마음이지만, 아무튼 우리가 처음으로 인턴 연수 버스에 올랐던 그날부터 지금 이 순간까지 넌, 나한테 있어 최고야! 우리나라 최고의 흉부외과 써전, 김윤찬! 그러니까 현명한 결정을 내리길 바란다. 이만 가 볼게."

"……."

김윤찬이 이택진의 말에 아무 말 없이 눈을 감았다.

♥

그날 밤, 은진이 병실.

자정을 넘긴 깊은 밤, 김윤찬이 은진이 병실을 찾았다.

"어머? 교수님이 이 시간에 웬일이세요?"

"쉿! 어머님, 조용히 하세요. 은진이 깨겠어요. 그냥, 우리 천사 얼굴 한번 보러 왔습니다."

김윤찬이 입술에 손가락을 가져다 대며 목소리를 죽였다.

"네네, 알았어요. 은진이 이제 막 잠들었어요."

은진 엄마 역시 목소리를 죽였다.

바로 그때였다.

"선생님!"

자는 줄 알고 있던, 은진이가 슬그머니 눈을 뜨며 김윤찬을 불렀다.

"어?? 은진아, 안 잤니?"

김윤찬이 돌아가려던 발길을 멈추고 뒤로 돌아섰다.

"네에, 방금 깼어요!"

은진이가 눈을 비비며 자리에서 일어나 앉았다.

아직 잠이 덜 깼는지, 멍한 표정의 녀석이었다.

"어휴, 혹시 목 많이 아프니? 선생님이 한번 볼까?"

걱정이 되는지 김윤찬이 포켓에서 펜 라이트를 꺼내려 했다.

"아뇨, 아뇨. 하나도 안 아파요! 이제 목도 안 아프고, 가래도 안 나오고, 숨쉬기도 편해요. 선생님, 감사합니다!"

헤헤헤, 녀석이 해맑은 얼굴로 크게 숨을 내쉬었다.

대충 숨소리만 들어 봐도 예전에 비해 훨씬 좋아진 듯 보였다.

"그래? 다행이구나. 그렇지 않아도 우리 은진이 이제 많이 좋아져서 선생님도 너무 기뻤어. 그동안 아픈 주사랑 쓴 약, 잘 맞고 잘 먹어 줘서 고마워요. 꼬마 아가씨!"

김윤찬이 자세를 낮춰 은진이와 눈높이를 맞췄다.

"헤헤헤, 제가 아가씨예요?"

"그럼, 그럼! 완전 예쁜 꼬마 아가씨지."

"감사합니다! 아, 맞다! 교수님, 저 꿈 꿨는데요. 아주 재밌는 꿈이었어요. 꿈이 아니었으면 좋았을 텐데."

녀석이 아쉬운 듯 입을 삐죽거렸다.

"그래? 어떤 꿈인데? 얼마나 재밌는 꿈이었기에 우리 은진이가 이렇게 아쉬워할까?"

김윤찬이 은진이의 손을 부드럽게 잡아 주었다.

"엄마랑 아빠랑 놀이동산에 갔는데요. 회전목마도 타고, 동물들도 구경하고, 그리고 바이킹도 탔어요! 바이킹은 엄청, 엄청 무서웠어요."

녀석이 눈을 크게 뜨며 몸을 움츠렸다.

"와! 정말 재밌었겠구나?"

"네네. 선생님이 저 잘 치료해 줘서 그런가 봐요. 감사합니다!"

은진이가 배 위에 양손을 가지런히 놓고는 배꼽인사를 했다.

은진아…….

"나도 감사해요. 우리 은진이가 워낙 씩씩해서 잘 이겨 낼 수 있었어. 선생님도 우리 은진이가 얼마나 고마운데!"

"정말요? 그러면 꿈 말고 진짜로 엄마, 아빠랑 놀이동산 갈 수 있는 건가요?"

"어? 그럼, 그럼! 당연하지! 놀이동산도 갈 수 있고, 달리기도 할 수 있고, 높은 산에도 올라갈 수 있을걸!"

"와! 신난다!"

녀석의 얼굴에 웃음꽃이 활짝 피어났다.

"그러니까 이제 자야 해요. 그래야 빨리 낫지?"

"네. 알겠어요, 선생님!"

곧 은진이가 자리에 누웠고, 어느새 새근새근 잠이 들어버렸다.

김윤찬이 그런 은진이를 한참 동안 물끄러미 내려다보더니, 이불을 끌어 올려 덮어 주고는 밖으로 나왔다.

"바쁘지 않으시면 저랑 자판기 커피 한잔 하실래요?"

밖으로 나오자 은진 엄마가 물었다.

"아! 좋죠! 저도 때마침 커피가 당겼습니다. 제가 쏠게요!"

"호호, 좋아요. 교수님 커피 빼 드릴려고 동전 바꿔 놨는데, 굳었네요?"

"하하하, 그런가요? 가시죠!"

잠시 후, 은진 엄마와 김윤찬이 휴게실로 나와 커피를 마시며 담소를 나눴다.

"늦은 시간인데 퇴근 안 하세요?"

"뭐. 병원이 집 같고, 집이 병원 같고 그래요. 어떤 때는 병원에 있을 때가 더 마음이 편하더라고요."

"후후, 교수님은 천생 의사 선생님이신가 보네요."

"그러게 말입니다. 의사 안 되었으면, 딱 굶어 죽을 팔자 같아요. 할 줄 아는 게 아무것도 없거든요."

"다른 거 못 하셔도 아무런 상관 없어요. 사람 목숨 살리는 일만큼 숭고한 건 없으니까요."

"아닙니다. 그저 제가 할 수 있는 일을 하는 것뿐입니다."

"네! 그나저나, 교수님! 저 궁금한 게 하나 있는데, 여쭤봐도 될까요?"

"네, 얼마든지요."

"지난번에 한 번 여쭤봤던 건데요. 우리 은진이 미국에 가서 치료를 받으려면 돈이 얼마나 들까요?"

은진 엄마가 조심스럽게 입을 열었다.

"음……. 그건 왜요?"

"이건 정말, 교수님을 못 믿어서가 아니에요. 진짜."

"하핫, 괜찮습니다. 말씀해 보세요."

"남편이 말할 때는 신경도 안 썼는데, 우연히 신문을 보니까 미국 클리블랜드인가? 거기 병원의 의사 선생님이 심장병 수술을 엄청 잘하신다고 하더라고요. 우리 은진이 같은 아이들 수술도 많이 하시고, 엄청 유명하신 분이라고 하던데, 이름이……."

"그때 말씀하신 벤자민 교수님요?"

"네네. 그 교수님한테 수술이라도 한 번 받아 보게 해야 제 여한이 없을 것 같아서요."

"아, 네."

"사실, 애 아빠 몰래 제가 모아 둔 돈이 좀 있거든요. 그래서 말인데, 미국에 치료를 받으러 가려면 이 정도 돈 가지고는 어림도 없겠죠?"

은진 엄마가 김윤찬에게 통장을 내보였고, 그 통장 안에 찍힌 금액은 거의 1억에 가까운 돈이었다.

"엄청난 금액이긴 하지만, 굳이 그 돈 전부를 쓸 이유는 없을 것 같네요."

"그렇죠?? 모자라도 한참은 모자란다고 생각하긴 했는데, 혹시 몰라서 여쭤봤어요. 제가 세상 물정을 몰라도 이렇게 모를 수 있을까요? 나한테나 큰돈이지."

은진 엄마가 자조 섞인 웃음을 입가에 띄우며 고개를 떨궜다.

"아니요, 돈이 너무 많다고요. 남아도 한참 남는 돈이에요."

"네? 그게 무슨 말씀이세요?"

"지금 벤자민 교수님, 한국에 와 계십니다."

이제는 은진이 부모님에게도 말을 해야 할 때라고 판단한 김윤찬이었다.

"네?? 그, 그게 무슨 말씀이신가요? 벤자민 교수님이 한국에 계신다고요?"

"그렇습니다. 한국에 들어오신 지 며칠 되셨어요."

"하아, 정말 머리가 멍해지네요. 설마, 우리 은진이 때문에 오신 건 아닐 테고, 어떻게 그 교수님한테 우리 은진이 진찰이라도 한번 받아 보게 할 수 있을……."

"벤자민 교수님, 우리 은진이 때문에 오셨어요. 한국에."

"네?? 뭐, 뭐라고요? 자, 잠시만요! 제가 지금 헛것을 들은 건 아니죠?"

후우, 은진 엄마가 놀란 가슴을 진정시키려는 듯 연신 한숨을 내쉬었다.

"괜찮으세요?"

"아뇨, 아뇨. 놀란 가슴이 진정이 되질 않아요! 이게 지금 꿈인지 생시인지 모르겠어요! 저한테 어떻게 이런 일이 일어날 수 있는 거죠?"

여전히 쿵쾅거리는 심장을 진정할 수 없는 은진 엄마였다.

"네, 기적이죠. 벤자민 교수님은 은진이를 치료하기 위해 한국에 와 계세요. 제가 그랬잖아요. 우리 은진이의 천사 같은 마음에 하늘도 감동할 거라고요."

"교수님, 진짜 어떻게 이런 일이 일어날 수 있는 건가요? 어떻게 벤자민 교수님이 우리 은진이를 알……. 앗! 혹시 교수님이??"

은진 엄마가 깜짝 놀라 눈을 깜박거렸다.

"아뇨, 아뇨. 제가 특별히 한 건 없어요. 은진이가 워낙 특이한 케이스라 벤자민 교수님께 자문을 얻으려고 말씀드렸을 뿐입니다."

"이렇게 고마울 때가 어디 있을까요? 교수님, 감사합니다! 정말 감사합니다."

흑흑흑, 은진 엄마가 감격에 겨워 눈물을 흘렸다.

"아이쿠, 제가 어머님, 몇 번을 울리는지 모르겠네요. 진정하세요!"

토닥토닥, 김윤찬이 은진 엄마의 등을 두드려 주며 위로했다.

잠시 후.

"다만…… 한국에 계시지만 문제가 좀 있어요. 사실 벤자민 교수님이……."

그렇게 어느 정도 은진 엄마가 진정하자, 김윤찬이 그녀에게 벤자민 교수의 상황을 설명했다.

"……."

아무 말 없이 김윤찬을 물끄러미 쳐다보는 은진 엄마.

"실망하셨죠?"

"아뇨! 전혀요."

"네??"

은진 엄마의 뜻밖의 단호한 반응에, 김윤찬이 당황한 듯 물었다.

"그러니까, 제가 워낙 무식해서 잘은 모르겠지만, 교수님 말씀은 벤자민 교수님이 수술을 하실 수는 없지만, 교수님을 도와주실 수는 있다는 거잖아요."

"네. 그렇긴 합니다만, 쉽지 않은 수술이에요."

"그건 저도 알아요. 우리 애 데리고 안 다녀 본 병원이 없으니까요."

"네. 그래서 차라리 지금처럼 대증 치료를 중점적으로 하고, 나중에 벤자민 교수님이 수술하실 수 있는 여건이 되면, 그때 미국으로 건너가 수술을 받는 것이 어떨까 해서요. 그 절차는 저와 병원에서 최대한……."

"아, 아뇨! 전 차라리 잘되었는걸요? 우리 은진이, 교수님이 집도해 주셨으면 좋겠어요. 그건 애 아빠도 마찬가지 생각일 겁니다."

"어머니……."

"세상에, 세상에! 이렇게 고마울 수가! 제가 무슨 복이 있어서 교수님 같은 분을 만났을까요? 여태까지 그 어떤 의사 선생님도 이렇게 사실대로 말씀해 주시는 분은 없었어요. 그리고, 그 어떤 선생님도 이토록 진실되게 저와 은진이를 대해 주신 분도 없었고요!"

흑흑흑, 마침내 은진 엄마가 닭똥 같은 눈물을 하염없이 떨어뜨리고 말았다.

"어머니, 정말 제가 집도해도 되겠습니까?"

망설임에 선뜻 나서지 못했던 김윤찬. 어쩌면 김윤찬은 그 누구보다 은진 엄마의 허락이 필요했는지도 몰랐다.

"백 번, 천 번 다시 물어보셔도 전 같은 답을 할 거예요. 저, 솔직히 말도 안 통하는 서양 사람들 별로예요. 우리 교수님이 저와 은진이한테는 최고 중의 최고입니다! 우리 은진이 설사 잘못되더라도 교수님이 집도해 주신다면, 저 후회 없을 것 같아요."

그래! 이쯤 되면 한번 해 보는 거야.

은진 엄마의 믿음이 없었다면 결정하기 어려웠던 일.

마침내 김윤찬이 은진이 심장 수술을 하기로 결심하는 순간이었다.

♥

그리고 한 달 후.

"이번 가상 수술은 최대한 현실에 가깝게 진행하려 합니다. 모든 것을 실제 상황과 똑같이 세팅하고 모의 수술을 할 예정이니, 다들 실전에 임한다는 각오로 수술방에 들어오시길 바랍니다."

"네, 교수님!"

장영은을 비롯한 흉부외과 스태프들이 의지를 다지며 입술을 굳게 다물었다.

"교수님! 정말 감사합니다."

컨퍼런스가 끝나자 장영은이 김윤찬에게 다가갔다.

"뭘? 요새 나한테 감사하다는 사람이 많네? 이러다가 진짜 죽어서 천국 가는 거 아닌가?"

김윤찬이 대수롭지 않다는 듯이 농담을 던졌다.

"이번 은진이 수술 스태프로 뽑아 주셔서 너무너무 감사합니다. 솔직히 제가 뽑힐 줄은 꿈에도 몰랐거든요."

장영은이 여전히 믿을 수 없다는 듯이 뒷머리를 긁적거렸다.

"그게 무슨 소리야? 자네 없었으면 이번 수술도 없었어."

"아, 아닙니다! 그건 너무 말도 안 되는 말씀이세요! 제가 한 게 뭐 있다고요. 그저 풋내기 레지던트 주제에."

"있지! 당연히 있지. 장영은 선생은 모르겠지만, 의사가 아무리 노력해도 가질 수 없는 게 있어. 그건 메스를 능숙하게 다루는 실력도 아니고, 병변을 정확하게 읽어 내는 눈도 아니야."

"네? 그게 무슨 말씀입니까?"

"환자를 진심으로 대하는 따뜻한 가슴! 그거야말로 선천적인 재능이거든, 그 누구도 쉽게 가질 수 없는?"

"아....... 그게 재능이라고 말할 수 있을까요?"

"당연하지. 아무리 노력해도 가질 수 없다면, 그건 하늘이 주신 타고난 재능 아닐까? 그걸 장 선생은 가지고 있어."

"앗! 갑자기 온몸이 간질간질하네요. 여기 보세요. 닭살이 돋아서 곧 닭이 될 것 같아요, 교수님!"

으드드드, 장영은이 민망한 듯 자신의 팔을 연신 긁어 댔다.

"하하하, 사람하곤! 아무튼, 지금부터가 중요해. 그러니까, 모든 시뮬레이션 하나하나를 눈과 가슴에 새겨 놓도록 해."

"네, 알겠습니다! 최선을 다해서 교수님을 보필하겠습니다."

장영은이 씩씩한 목소리로 힘주어 말했다.

그렇게 김윤찬은 벤자민 교수와 협력하에 미친 듯이 연구와 포트폴리오, 가상 수술을 연습하며 모든 것을 걸고 은진이한테 매달렸다.

그사이 이택진이 집도한 찬우 심장이식 수술도 대성공을 이뤄 낼 수 있었다.

이제 남은 건, 은진이의 바티스타2 오퍼레이션!

대망의 수술 전날.

벤자민 교수가 김윤찬을 찾아왔다.

"내일 수술인데 좀 자 두는 것이 좋지 않겠나? 닥터 라이언?"

수술 전날, 밤늦게까지 참고 자료를 검토하고 있는 김윤찬.

벤자민 교수가 트레이에 커피 두 잔을 담아 김윤찬에게 내밀었다.

"그 커피를 마시면 더 잠이 오지 않을 것 같은데요?"

"하하하, 그런가? 그럼 내가 두 잔 다 마셔야겠군."

"아, 아닙니다. 주십시오. 저도 때마침 커피 한 잔이 간절했습니다. 그나저나 팔도 불편하시면서 뭘 이런 걸 가지고 오셨습니까?"

김윤찬이 한쪽 팔로 들고 있던 커피 트레이를 냉큼 받아 들었다.

"고맙군. 그나저나 잠깐 나갈까? 병원은 답답해서 말이야."

"네, 그렇게 하시죠. 비록 서울이 미세 먼지 때문에 공기가 탁하긴 하지만, 클리블랜드나 디트로이트보다야 한 수 위죠."

"하하하, 그런가? 그럼 한번 나가 볼까?"

"네, 그렇게 하시죠."

잠시 후, 두 사람은 병원 인근에 있는 공원 벤치로 향했다.

"쉽지 않은 수술이 될 거야."

아무리 힘들어도 여유로웠고 자신감에 차 있던 벤자민 교수에게도, 이번 은진이 수술은 그 난이도가 여느 때와는 확실히 달랐다.

벤자민 교수가 커피를 홀짝이며 근심 어린 표정을 지었다.

"네, 저도 그렇게 생각합니다. 교수님이 쓰신 논문하고 각종 임상 자료를 검토해 봐도, 은진이처럼 상태가 좋지 않은 케이스는 없었어요."

김윤찬 역시, 쉽지 않은 수술이라는 것을 알고 있었다.

"맞아요. 분명 쉽지 않은 수술이 될 겁니다. 그렇다고 해서 불가능한 것도 아니지요. 기적의 닥터 라이언이 있지 않나요?"

"제가 정말 해낼 수 있다고 생각하십니까?"

"You bet(당연하지)! 난 당신이 이번 수술에 성공한다고 확신해. 내기해도 좋아."

"뭘 믿고 그런 말씀을 하시는 겁니까?"

"그냥 감이라고 말하면 안 되겠지?"

"그럼요. 그렇게 말씀하신다면 전 내일 수술방에 들어가지 않을 생각입니다만."

"하하하, 이제 와서 이 팔로 메스를 잡으라는 건가?"

"그러니까, 제게 확신을 주십시오. 왜 저를 그토록 믿으시는 건지요. 전 환자를 두고 무모한 도박을 하고 싶지는 않습니다."

"갬블링이라……. 진정한 도박사는 확률에 의존하지 않아. 자기 의지에 의해 확률을 만들어 낼 줄 알아야 진정한 도박사가 될 수 있는 것 아니겠나?"

"……."

"포커판에서 에이스 포커를 잡는다면 누군가는 분명, 운이 좋았다고 말하겠지. 에이스 포커를 잡았다면 그 판은 이길 확률이 높은 것 아닌가?"

"네, 그렇죠."

"하지만 상대가 프로 도박사라면 얘기는 달라지지. 에이스 포커 위에도 높은 수가 많이 있으니까."

"음……."

"반대로 일반인들은 원페어를 잡으면 단순히 운이 없다고 생각할 거야. 그리고 곧 이번 판은 졌을 거라 낙담하며 포기하겠지. 하지만 프로 도박사는 그 하찮은 원페어를 가지고 수십만, 수백만 달러를 딸 수도 있는 것이 도박판이야. 맞나?"

"네. 뭐, 그럴 수도 있겠습니다."

"그렇게 원페어를 에이스 포카드 이상의 높은 패로 만들기 위해서 도박사는 부단히 노력을 했을 테지. 물론 그것이 가치가 있는 일이냐 없는 일이냐는 논외로 쳐야겠지만."

"……."

"아무튼 그래서, 난 자네가 가지고 있는 패에 관심이 있는 게 아니라, 지난 몇 년간 자네가 부단히 노력해 온 그 불굴의 의지에 도박을 하겠다는 걸세. 내 두 눈으로 직접 목격했으니까."

"음, 결국 제가 가지고 있는 패는 하찮다는 거군요?"

"뭐, 그렇다고 화려한 패는 아니잖나? 하지만, 난 닥터 라이언이 이 패를 들고도 에이스 포카드를 이길 수 있을 거라 확신하네. 자넨 여태까지 내가 봐 왔던 그 어떤 써전보다 뛰어난 프로니까."

벤자민 교수가 공원 위에 떠 있는 달빛보다 환한 미소를 보이며 활짝 웃었다.

"네, 좋습니다. 한번 해 보겠습니다! 교수님만 옆에 계셔 준다면요."

"당연하지. 어떤 도박판에도 decoy(바람잡이)는 존재하는 법이니까. 내가 아주 훌륭한 바람잡이가 되어 줌세. 이 세상 그 어떤 별보다 자네를 빛내 줄 자신은 있어."

"감사합니다, 교수님!"

"그러니 이제 들어가서 한숨 자 두자……."

쿵, 그렇게 벤자민 교수가 벤치에서 일어나려는 찰나, 발을 헛디뎌 넘어지고 말았다.

"괜찮으십니까?"

곧바로 김윤찬이 다가가 그를 부축했다.

"괜찮아요! 하하하, 거봐요. 내가 이제 나이가 많아서 눈도 이렇게 침침합니다. 이런 내가 어떻게 메스를 잡겠어요?"

벤자민 교수가 민망한 듯 얼굴을 붉혔다.

연희대학교 심장 센터, 1번 수술방.

연희대 심장 센터 수술방 중 가장 크고, 첨단 의술 장비가 갖춰진 스페셜 수술방.

이곳에서 김윤찬이 클리블랜드 심장 센터 의료진과 함께 국내 최초로 바티스타2 오퍼레이션을 할 예정이었다.

"역사적인 순간이군요."

참관석에 앉은 조병천 원장의 목소리가 미세하게 흔들렸다.

"음, 저게 그렇게 대단한 수술이에요? 난 잘 모르겠는데?"

조병천 원장에 비해 윤미순의 표정은 담담했다.

"어휴, 당연히 대단한 수술이죠. 벤자민 교수가 퍼스트에 섰다는 것만으로도 빅 뉴스라니까요? 저기 서운대 원장이 괜히 참관하러 왔겠습니까? 저 사람들이 이곳에 온 이유가 있는 겁니다."

"그래요? 그렇게 대단한 수술을 하는데, 한 과장님 얼굴은 왜 저렇게 똥 씹은 표정이래요? 저 사람 어디 아픈지 가서 물어봐요!"

윤미순이 턱짓으로 한상훈을 가리켰다.

"한 과장, 표정이 왜 그래? 어디 몸이 안 좋은가?"

조병천 원장이 한상훈의 옆구리를 쿡쿡 찔렀다.

"아, 네. 아, 아무것도 아닙니다. 그냥, 컨디션이 좀 안 좋아서요."

한상훈 과장이 대충 얼버무렸다.

"이상하네. 컨디션이 안 좋으면 그냥 쉬지, 왜 나와서 분위기를 흐리지? 한 과장님, 몸이 불편하시면 그냥 들어가 쉬시죠?"

그러자 윤미순이 떨떠름한 표정을 지었다.

"아, 아닙니다. 괜찮습니다."

"아뇨, 아뇨. 내가 안 괜찮다고요! 오늘 김윤찬 교수가 세계적인 수술을 하는 날이잖아요? 밝은 얼굴로 응원은 못 할망정, 그렇게 죽상을 하고 거기 앉아 있으면, 부정 타요."

"네??"

예상치 못한 윤미순의 말에 한상훈이 당황한 듯 얼굴을 붉혔다.

"남들이 보면, 이 수술이 잘못되기라도 바라는 사람 같은 표정이잖아요? 설마 그런 건 아니죠?"

윤미순이 표독스러운 표정으로 한상훈을 노려봤다.

"아, 아뇨! 그럴 리가 있습니까? 워낙 쉽지 않은 수술이라 걱정돼서 그런 거지, 다른 의도는 전혀 없습니다."

"그래요? 그러면 활짝 웃어요!"

"네?"

"웃으라고요. 웃으면 복이 온다는 말도 모르세요? 스마일!"

윤미순이 빈정대며 손가락으로 입꼬리를 올리는 시늉을 했다.

"아, 네. 스, 스마일!"

킥킥킥, 한상훈 과장이 억지로 웃는 시늉을 하자, 여기저기에서 손가락 사이로 웃음소리가 비어져 나왔다.

두 명의 천사 (3)

그렇게 시간이 흘렀고, 마침내 은진이의 바티스타2 오퍼레이션이 시작되었다.

부산하게 움직이는 의료진. 이택진을 비롯한 연희대 흉부외과 팀들과 엠버드 찬을 비롯한 클리블랜드 의료진이 합을 맞춰 조직적으로 움직이기 시작했다.

소아 마취는 모든 과정에 있어 성인 마취보다 훨씬 위험했다.

게다가 은진이처럼 체력이 떨어지고 여러 가지 합병증을 앓고 있는 환자는 더욱더 세밀하게 접근해야 했다.

따라서, 연희병원 최고의 마취통증의학과 교수, 명준혁 교수가 은진이의 모든 마취 과정을 담당했다.

마침내 산소 포화도, 심전도, 혈압을 체크하기 위한 마취 감시 장치를 부착한 은진이가 수술방 안으로 들어왔다.

그러자 수술방은 물론, 참관석에 앉아 있던 원내, 원외 의료진의 얼굴에도 긴장감이 감돌았다.

"이름 정은진, 나이 만 5세, 등록 번호, 323809."

명준혁 교수가 마취 전, 은진이의 신상명세를 다시금 확인했다.

"네. 맞습니다, 교수님!"

"좋아요! 그럼 인튜베이션(기관 삽관) 시작합시다."

"네, 교수님!"

그렇게 명준혁 교수가 조심스럽게 마취를 시작했다.

"이제 마취 시작합니다."

인튜베이션이 끝나자 명준혁 교수가 모든 의료진에게 마취 시작을 알렸다.

이제 혈관주사를 통해 마취제가 투여되면 은진이는 3초가 되기 전에 깊은 잠에 빠지게 될 것이다.

"김 교수님, 은진이 마취 끝났습니다. 이제 시작하셔도 될 것 같습니다."

"네, 고생하셨습니다. 잘 좀 부탁드려요."

"네! 그럼요. 역사에 남을 수술인데, 제가 오점을 남겨서 되겠습니까? 최선을 다하겠습니다."

"감사합니다."

그렇게 은진이의 마취가 끝났고, 이제부터는 본격적인 수술이 시작되었다.

"나이프!"

"네, 교수님."

김윤찬에게 메스를 건네주는 황진희 간호사.

김윤찬의 부탁으로 이번 수술의 메인 간호사로 낙점되었다.

"교수님이란 호칭이 생소하네요? 왠지 윤찬 쌤이란 단어가 훨씬 익숙한 것 같아요."

김윤찬이 겸연쩍은 표정을 지었다.

"아니죠! 오늘은 하늘 같은 집도의자, 대한민국 최고의 흉부외과 써전이세요. 그만한 예후는 해야죠?"

"그렇습니까?"

"그럼요."

그렇게 김윤찬은 은진이의 가녀린 가슴에 나이프를 대고 가슴을 절개하기 시작했다.

김윤찬의 날카로운 나이프가 여린 은진의 가슴을 파고들자, 붉은 피가 살며시 새어 나왔다.

"닦아."

"네, 교수님!"

김윤찬이 나지막한 소리로 읊조리듯 말하자, 장영은이 거

즈를 들고 흘러나오는 피를 닦아 냈다.

"나이프 교체!"

한 번 사용한 나이프를 바닥에 던져 놓는 김윤찬.

"네, 여기 있습니다."

그러자 황진희 간호사가 수술상에서 새로운 나이프를 꺼내 능숙한 솜씨로 핸들을 갈아 끼워 주었다.

그렇게 반복하기를 서너 차례.

김윤찬의 별도의 오더가 없더라도, 황진희 간호사는 수술 부위의 깊이에 맞게 정확한 나이프와 핸들을 김윤찬의 손 위에 올려놔 주었다.

"스터넘 소우!"

이번엔 스터넘 소우(sternum saw, 흉골 전기톱).

지잉, 전기톱이 요란한 소리를 내며 은진이의 흉골을 절단하기 시작했다.

어른들의 흉골과는 다르게 아이의 흉골은 무르고 연약하기에 훨씬 더 각별한 주의를 요했다.

어느새 두건으로 감싸진 김윤찬의 이마도 흥건히 젖어 있었다.

"지금부터 헤파린(heparin, 혈액응고방지제) 투여합니다!"

흉골을 절단하자 가녀린 은진이의 심장이 드러났고, 김윤찬이 헤파린 투여를 지시했다.

심장박동을 멈춘 채, 오로지 체외 심폐기에 의존해야 하는

상황. 피가 응고해 혈전이 생기지 않도록 헤파린을 투여해야
만 했다.

"펌프 갑시다!"

이제 체외 순환기를 작동하게 되면, 은진이의 폐와 심장은
활동을 멈추게 될 것이다.

"펌프 온!"

심폐기사가 김윤찬의 오더에 맞춰 다시 펌프 온을 외치면
서 주의를 환기시켰다.

"은진이 체온 낮춥니다."

"쿨링 다운."

펌프를 돌리고, 이제는 은진이의 체온을 낮출 차례.

김윤찬이 오더를 내리면, 의료진이 그에 맞춰 움직였다.

마치 오케스트라 지휘자에 맞춰 연주를 시작하는 단원들
처럼 말이다.

"바이패스 돌아갑니까?"

"네. 시작했습니다, 교수님."

"은진이 심장 섰나요?"

"네, 교수님! 지금 심장 멈추고 바이패스 돌아갑니다!"

"은진이 체온 얼마나 됩니까?"

"29.3도입니다."

스크럽 간호사가 온도를 확인한 후, 김윤찬에게 보고했
다.

"0.8도만 더 내립시다."

"네, 알겠습니다."

"지금 몇 도입니까?"

몇 차례 은진이의 체온을 내린 후, 김윤찬이 다시 확인을 했다.

"네! 28.5도입니다."

"그만 내립시다. 적당하니까."

이제 모든 준비가 끝난 상황. 그렇게 본격적인 수술이 시작되었다.

바티스타2 오페레이션.

그렇게 특별한 수술은 아니었다.

비정상적으로 늘어나 수축, 이완이 불가능해진 심실 일부를 잘라 내고, 정상적인 심실을 서로 이어 붙이는 단순한 수술.

한때 심장이식이 힘든 환자들을 대상으로 성공해 각광을 받았으나, 수술 성공 확률이 높지 않아 지금은 흉부외과 써전들로부터 외면받은 수술이었다.

이유는 팽팽하게 탄력을 유지해야 하는 잘린 심실이 의외로 탄력성을 유지하지 못했던 것.

그 이유가 밝혀지지 않았기에, 바티스타 수술은 반짝 이슈를 일으킨 후 사라져 버리고 말았다.

하지만 벤자민 교수와 그의 연구진이 그 비밀을 풀어내었다. 잘린 심실을 연결하는 것은 동일했으나, MF(Magic Fabric)라고 불리는 심장 근육 탄력성 복원 물질을 개발해 수술에 응용했던 것이다.

그로 인해 수술 성공 확률을 끌어올릴 수 있었고, 그 수술명을 바티스타2 오퍼레이션이라고 명명했다.

하지만 성인의 심장에 비해 현저하게 작은 심장, 그리고 실처럼 가느다란 수많은 혈관을 다치지 않게 유지하면서 수술한다는 것은 그리 쉬운 일은 아니었다.

지금 그토록 정교하고 힘겨운 수술을 김윤찬이 집도하는 중이었다.

퍼스트에 선 벤자민 교수의 지도하에 김윤찬은 집도를 시작했고, 모든 수술은 순조롭게 진행되고 있었다.

"은진이 활력징후는요?"

"산소 포화도, 혈압, 호흡 아주 좋습니다!"

모니터를 살펴보던 명준혁 교수의 표정이 매우 밝았다.

"저 정도면 어떻습니까?"

참관인 자격으로 참석한 국립 서운대 진료 부원장이 흉부외과 과장에게 물었다.

"지금 정석대로 진행되고 있는 것 같습니다. 일단 쉽게 설명하자면 늘어난 좌심실을 절제한 건데, 바티스타 수술의 전형이라고 할 수 있죠."

"그렇습니까? 별 특이한 사항은 없는 겁니까?"

"네. 아주 정석적인 바티스타 수술입니다. 이제 저기 퍼스트에 있는 벤자민 교수가 개발한 MF를 덧대서 좌심실을 이어 붙이면 모든 수술은 끝나는 겁니다."

"음, 그렇다면 별거 아니지 않습니까? 김윤찬 교수도 편하게 집도하고 있는 것 같은데?"

"편해 보일 뿐이죠."

서운대 흉부외과 과장이 긴장된 표정으로 수술방을 지켜보고 있었다.

"편해 보일 뿐이다?"

"네. 쉬워 보일 뿐이지 결코 쉬운 수술이 아닙니다. 수축성이 떨어지는 부위, 탄력을 유지하고 있는 부위를 결정하기도 쉽지 않을뿐더러, MF를 이식하는 것 자체가 고난도 수술입니다."

"그렇게 김윤찬 교수가 대단한 겁니까? 우리나라에선 김윤찬 교수 말곤 이 수술을 감당할 수 없을 정도로?"

"네, 솔직히 그렇습니다. 김윤찬 교수, 정말 대단하군요. 정확한 것도 정확한 거지만, 스피드도 굉장합니다. 소아의 경우 전신마취를 오래 해서 좋을 것 하나도 없지 않습니까?"

"여보, 저 사람들이 뭐라고 구시렁대는 거예요? 표정을 보아하니 꽤 심각해 보이는데? 설마, 김 교수가 잘못하고 있는 것 아니에요?"

서운대 의사들이 소곤거리자 윤미순이 팔꿈치로 조병천 원장의 옆구리를 건드렸다.

"흐흐흐, 그 반대죠. 너무 잘해서 긴장 타고 있는 겁니다. 국립 서운대가 어딥니까? 대한민국 최고 병원이지 않습니까? 그들이 못 하는 걸 우리 김 교수가 해내니까 긴장할 수밖에요."

"호호호, 그러면 질투하는 거네? 맞죠?"

"네네, 맞습니다!"

"좋아요, 좋아! 김윤찬 교수가 잘하고 있는 것 맞죠?"

"네네, 그럼요. 술기가 신 내린 듯합니다."

조병천 원장이 김윤찬을 향해 엄지를 추켜세웠다.

♥

"마이크로 주세요."

"네, 교수님."

마이크로 니들 홀더를 줄여서 마이크로라고 부른다. 주로 미세한 혈관이나 신경을 봉합할 때 쓰는 기구.

이제 늘어난 심실의 일부를 떼어 냈으니, 그와 연결된 혈관과 신경을 봉합해야 할 때였다.

　미세한 혈관들을 봉합해야 하는 상황. 숨소리마저 죽여야 하는 초정밀을 요하는 시간이었다. 김윤찬의 모든 세포가 한 곳에 집중되어 있는 순간. 집도의의 눈을 단 0.1초도 수술 필드에서 뗄 수가 없다.

　"⋯⋯."

　김윤찬은 그저 손을 내밀 뿐이었고, 황진희 간호사는 마이크로를 잡은 집도의의 손에서 니들 홀더가 미끄러지지 않게 최적의 자세가 될 수 있도록 김윤찬의 손에 마이크로 니들 홀더를 쥐여 주었다.

　"고마워요."

　"천만에요!"

　역시 황진희 간호사는 노련한 베테랑 간호사였다.

　쨱깍쨱깍.

　그렇게 시간은 흘러갔다.

　황진희 간호사는 간호사대로, 장영은은 어시스트로서 본인이 할 수 있는 최선의 지원을 하며 순조롭게 수술은 진행되고 있었다.

　이제 탄력성을 잃어 흐물흐물해진 은진의 심실 일부를 완전히 제거하고 잘려 나간 심실과 심실을 연결하기만 하면, 모든 수술의 9부 능선은 넘는 셈.

　"닥터 라이언, 지금부터가 중요해. 긴장을 풀지 말도록 합시다."

"네, 교수님!"

"여러분들도 기억해 두세요. 마라톤에서 가장 힘든 구간이 결승점 1마일 전입니다! 끝까지 최선을 다해 주시기 바랍니다."

"네!"

장시간의 수술로 인해, 지치고 조금은 정신적으로 해이해진 상태. 벤자민 교수가 다시 한번 김윤찬 교수와 의료진을 각성시켰다.

역시 벤자민 교수는 노련한 의사였다.

"장영은 선생, 이리게이션(세척)!"

"네, 교수님."

장영은이 이리게이션 튜브를 들고 잘린 심장 부위를 세척했다.

"좀 더 갑시다."

"네, 교수님."

아직 완전히 시야를 확보하지 못했는지 김윤찬이 다시 한번 오더를 내렸다.

바로 그때였다.

뚜뚜뚜뚜.

갑자기 은진이 몸 상태를 탐지하고 있던 감시 모니터가 요동치기 시작했다.

"뭡니까?"

깜짝 놀란 김윤찬이 시선이 명준혁 교수에게로 향했다.

"하아, 미치겠네? 갑자기 산소 포화도가 떨어집니다!"

"네?"

심장과 폐는 멈춰 있고, 이를 심폐 순환기가 대신하고 있는 상황.

인공적으로 산소를 주입하고 있기 때문에 산소 포화도가 떨어질 이유는 거의 없었다.

산소 포화도가 떨어진다는 것은 그만큼 산소 공급이 원활하게 유지되지 못하고 있다는 것.

산소 포화도가 더 떨어질 시, 저산소성 허혈성 뇌 손상이라는 치명적인 질병에 직면할 수도 있는 상황이었다.

"하아, 돌겠네요. 산소 포화도가 계속 떨어집니다!"

명준혁 교수의 목소리가 점점 날카롭게 변했다.

"얼마나요?"

"93% 아, 아니 90%, 아이씨, 지금 88%까지 떨어졌습니다!"

산소 포화도가 93% 이하로 떨어지면 주의, 90% 이하로 떨어지면 호흡부전이 일어나고, 그 이하로 떨어지면 치명적인 뇌 손상을 초래할 수도 있었다.

산소 포화도가 떨어지면 산소를 투입할 수밖에 없는 상황.

일단 농축된 산소 투입량을 늘리는 수밖에 없었다.

"산소 용량 최대로 늘려 주세요!"

"네, 알겠습니다."

"장 간호사, 심폐기에 이상이 없는지 지금 당장 확인해 보세요!"

산소 용량을 늘리라는 오더와 함께 김윤찬이 심폐기의 이상 유무를 체크했다.

"교수님, 심폐 순환기에는 이상이 없는 것 같습니다!"

"지금 당장 혈류량 확인해 보세요!"

그러자 벤자민 교수가 목소리 톤을 올렸다.

"지금 혈류량이 급속도로 떨어지고 있습니다!"

인공호흡기를 통해 고농축 산소를 집중 투여함에도 불구하고 혈류량이 급속도로 떨어지고 있었다.

"웁스! 대체 원인이 뭡니까?"

수술 중 이런 케이스가 없었기에 벤자민 교수도 당황할 수밖에 없었다.

"뇌파 활성이 저하되기 시작했습니다! 혈류량이 너무 떨어져요! 50, 40, 30! 이게 도대체 어떻게 된 일이지??"

명준혁 교수 역시 당혹감을 곰할 길이 없었다.

지금까지 수백, 수천의 전신마취를 했지만 명준혁 교수 역시 이런 케이스는 처음이었다.

참관실.

수술방에서 이상 징후가 감지되자 참관실에 모여 있던 의료진이 자리에서 벌떡 일어났다.

"뭐야? 산소 포화도가 왜 저렇게 떨어져??"

깜짝 놀란 조병천 원장이 호들갑을 떨었다.

"뭔가 문제가 생긴 것 같습니다. 혈류량이 30까지 떨어진다면 혐기성 대사(무산소 호흡)가 시작될 겁니다."

"뭐라고요? 그렇게 되면 ATP도 전부 고갈될 것 아닙니까? 혈류량이 더 떨어지면 어떻게 되는 겁니까, 한상훈 과장?"

"지금 속도대로라면 혈류량은 급속하게 떨어질 겁니다. 결국 이대로 놔두면 코마(혼수상태)에 빠지게 될 거고, 저산소성 허혈성 뇌 손상이 오게 됩니다."

조병천 원장의 낯빛이 하얗게 변해 버렸다.

"미치겠네? 그러면 당장 조치를 취해야 할 것 아닙니까?"

조병천 원장이 벌게진 얼굴로 침을 튀겨 가며 목소리를 높였다.

"네, 그렇습니다. 뭔가 수술 과정에서 문제가 있었던 것 같습니다. 그러니까 김윤찬 교수가 좀 더 신중해야 했어요."

"그러면 김윤찬 교수가 실수했다는 겁니까?"

"그런 것 같습니다. 최대한 수술을 빨리 마무리 지으려는 욕심에 무리수를 둔 것이 아닌가 싶습니다."

한상훈 과장이 이 모든 책임을 김윤찬에게 돌렸다.

"이런, 이런. 어쩐지 모든 게 쉽게 가더라. 지금 무슨 기록 경신해? 기네스북에라도 등재되고 싶었던 거야 뭐야? 안전이 최우선이지, 속도전도 아니고 지금 뭐 하자는 겁니까?"

조병천 원장이 게거품을 물며 방방 뛰었다.

웅성웅성.

그러자 타 병원에서 참관 온 의료진도 들썩였고, 이곳저곳에서 웅성거리기 시작했다.

"당신 지금 뭐 하시는 겁니까? 조용히 못 해요? 지금 우리만 있는 게 아니잖아요!"

그러자 참다못한 윤미순이 잔뜩 굳은 표정으로 자리에서 일어났다.

"아, 네에. 예기치 못한 사고가 일어나서 저도 모르게 그만……."

"어떻게 된 겁니까?"

호들갑을 떠는 조병천과는 침착함을 잃지 않는 윤미순이었다.

"당신은 설명해 줘도 몰라요. 그러니까……."

"당신 지금 미쳤습니까? 몰라도 된다고? 나 지금 무시하는 건가요?"

"아, 아니, 아니. 그런 뜻이 아니라, 전문적인 내용이라 설명을 해 드려도 어…… 어렵다는 뜻입니다. 전혀 그런 의도는 아니었습니다. 죄송합니다!"

말 한번 잘못했다가 본전도 못 찾은 조병천 원장이었다.

"됐어요! 당신은 저리 비켜요."

획, 화가 난 윤미순이 조병천 원장의 몸을 밀쳐 버리고는 한상훈 과장에게 다가갔다.

"한 과장님, 지금 보니 상황이 심각한 것 같은데, 해결 방안은 있는 겁니까?"

"아, 네. 우선 혈류량이 떨어지고 산소 포화도가 곤두박질치는 원인을 찾아야 하는데, 아직 수술진이 그걸 찾지 못한 것 같습니다. 일단, 임시방편으로 고농축 산소를 투입하고 약물을 사용해 혈류량을 늘려 주는 수밖에 없을 것 같습니다."

"그러면 그렇게 하면 되잖습니까? 저 방에 있는 사람들은 그 방법을 몰라요?"

"아뇨, 지금 그렇게 하고 있긴 합니다. 다만, 근본적인 원인을 찾지 못한다면 그 또한 무용지물이 될 것 같습니다."

"그러면 어떻게 되는 겁니까? 이대로 문제가 지속된다면?"

윤미순의 표정이 잔뜩 굳어 있었다.

"조만간 코마가 올 것이고, 조금 더 혈류량이 떨어져서 역치값 아래로 내려가면 은진이가 감당할 수 없는 상황이 될 것 같습니다."

"감당할 수 없는 상황이라면?"

"……사망할 가능성이 높습니다."

한상훈 과장이 의미를 알 수 없는 표정을 지으며 수술방을 내려다봤다.

"이보세요, 한 과장님! 지금 그걸 말이라고 합니까? 의사 입에서 사망이란 단어가 그렇게 쉽게 나와도 돼요?"

한상훈이 무심코 던진 말에 윤미순이 발끈하며 나섰다.

"아, 아뇨. 그런 의미가 아니라 최악의 경우에는 그럴 수도 있다고 말씀드린 겁니다. 다른 의미는 전혀 없습니다."

윤미순이 발끈하자 한상훈이 말을 더듬으며 변명을 늘어놓았다.

"아뇨, 그게 아니죠. 저는 의사로서 당신의 태도가 매우 못마땅하다는 겁니다!"

윤미순이 단호한 어조로 한상훈을 몰아붙였다.

"네?"

"당신도 분명 의사 아닙니까? 그런데 저 꺼져 가는 가녀린 어린 생명 앞에서 그런 말을 쉽게 해서는 안 되죠!"

"……."

"지금 의사인 당신 입으로 최악의 상황을 입에 담는다는 게 말이 됩니까?"

"……."

윤미순의 천둥 같은 호통 소리에 한상훈 과장이 잔뜩 주눅이 들었다.

"최악을 거론하기 전에 의사로서 뭔가를 해야 하는 것 아닙니까?"

"죄, 죄송합니다. 제가 경솔했습니다. 미처 사모님의 깊은 뜻을 이해하지 못했습니다."

"좋아요. 그러면 빨리 대답해 보세요!"

윤미순이 여전히 고압적인 자세로 한상훈 과장을 다그쳤다.

"뭘 말씀하시는 겁니까?"

"몰라서 물어요? 지금 상황에서 저 아이를 구해 낼 대안이 한 과장님한테 있습니까? 그저 자리에 앉아서 집도의 흠이나 잡을 요량은 아니지 않았나요?"

"네? 그, 그게 무슨 말씀입니까? 이해가 되질 않습니다. 좀 더 쉽게 설명해 주십시오."

이해가 안 될 리가 있는가?

윤미순의 의도를 정확하게 캐치하고 있는 그였지만, 지금의 상황에선 끝까지 모르쇠로 일관하는 것이 상책이라고 한상훈은 생각했으리라.

"묻잖아요. 한 과장님이라면 김윤찬 교수 대신, 저 아이를 살릴 수 있냐고욧!"

한상훈 과장을 향한 윤미순의 눈빛이 점점 매서워졌다.

"아, 그건……."

윤미순의 일침에 한상훈 과장이 말을 잇지 못했다.

"없죠?"

"……."

붉으락푸르락, 입술만 잘근거릴 뿐, 한상훈이 아무 말도 하지 못했다.

흉부외과 최고의 수장으로서 타 학교 의료진이 모두 모여 있는 이곳에서 망신을 당하는 입장이 오죽했겠는가.

"그러면 제발 그 입 좀 다물어 주시겠습니까? 괜한 소란 피우지 말고요."

"아, 네. 죄송합니다. 사모님!"

창피한지 한상훈의 얼굴이 시뻘게졌다. 한상훈 과장이 주변을 두리번거리며 조용히 자리에 앉았다.

"그리고, 원장님!"

윤미순이 여전히 화가 가시지 않은 얼굴로 자신의 남편인 조병천 원장을 불러 세웠다.

"네, 말씀하세요."

그러자 조병천 원장이 득달같이 달려와 정자세를 취한 채, 그녀 앞에 섰다.

"원장님, 지금부터 내가 하는 말 잘 들어요."

앙다문 입술이 다부져 보이는 윤미순이었다.

"네, 말씀하세요."

"안타깝게도 내가 의학에 대해서는 아는 바가 별로 없는 무식한 사람이지만, 저 안에 있는 사람들에게는 지금 원장님의 지원이 무엇보다 필요한 것 같군요."

윤미순이 좀 전과는 다르게 차분한 목소리로 말했다.

"네, 뭐든 말씀만 하십시오."

"지금 당장, 진료 부원장님이랑 상의하셔서 신속하게 움직이세요. 그냥 그렇게 넋 놓고 있지 말고요. 알겠습니까?"

"아? 네네, 그렇게 하도록 하겠습니다."

"전 김윤찬 교수를 신뢰합니다. 아무런 대책 없이 저 아이가 잘못되게 놔둘 사람이 아니에요. 그러니 병원에서 할 수 있는 모든 지원을 아끼지 마세요."

상황 파악을 하고 지시를 내리는 윤미순의 목소리는 단호했다.

"네, 바로 움직이겠습니다."

윤미순의 지시를 받은 조병천 원장이 황급히 참관석을 빠져나갔다.

"한 과장님, 명심하세요."

"네? 뭘 말씀입니까?"

"만약에 저 아이가 잘못된다면, 그 책임은 한 과장님도 지셔야 할 겁니다. 흉부외과의 수장으로서 이렇게 이곳에 앉아서 강 건너 불구경하듯 지켜보는 건, 의사로서 최소한의 도리마저도 저버리겠다는 뜻으로 읽히니까요."

지금 당장 나가라는 말보다 등골이 오싹한 윤미순의 태도였다.

"아, 죄송합니다. 사모님! 저도 지금 당장 나가서 확인해 보겠습니다."

서둘러 참관석을 빠져나가는 한상훈 과장. 그나마 눈치는 빠른 듯 보였다.

"저기요? 서운대에서 오신 분들?"

그렇게 한상훈과 조병천이 밖으로 나가자 윤미순이 자리에서 일어났다.

"네?"

"죄송하지만 수술방 상황이 여의치 않은 것 같으니, 수술 참관은 이쯤 해서 마치도록 하겠습니다. 죄송합니다."

"아, 네. 그렇게 하시죠."

"감사합니다. 수술 결과가 나오면 결과는 별도로 안내해 드리도록 하죠. 조 비서님! 참관석 블라인드 모두 쳐 주세요."

"네, 알겠습니다."

'음, 내가 아는 김윤찬이라면 이 정도로 꺾이지 않아. 난 한번 마음을 준 사람은 끝까지 믿는 타입이야. 잘 해낼 겁니다. 암요! 잘 해내야 하고 말고요.'

윤미순이 움켜쥔 두 주먹에 힘을 주었다.

수술방.

웅성웅성.

갑자기 은진이가 안 좋아지자 수술방의 의료진은 충격에 빠지지 않을 수 없었다.

"산소 농도 최대로 올려!"

일단 고농축 산소를 인공호흡기를 통해 투여하고는 있었다.

특히 뇌 혈류량이 떨어지는 것을 막기 위해서 의료진이 부산하게 움직이고 있었다.

그렇게 패닉에 빠진 의료진이 정신없이 응급조치를 취하고 있었지만, 안타깝게도 은진이의 상태는 좋아지지 않고 있었다.

"장영은 선생, 이쪽으로 와 봐요."

상황이 이렇게 되자, 김윤찬이 장영은을 손짓해 불렀다.

다른 의료진에 비해 김윤찬의 표정은 담담했으며, 목소리 또한 침착했다.

"네네, 교수님."

그녀 역시, 패닉에 빠져 얼굴이 벌겋게 달아올라 있었다.

"장영은 선생, 은진이 주치의죠?"

"그렇습니다."

"최근에 은진이한테 특별한 증세가 있었거나, 뭔가 내가 모르는 치료 혹은……."

"치료라……. 교수님한테 보고드리지 않은 치료는 없었습니다."

"좋아요. 그러면 수술에 들어가기 48시간 이내에 은진이한테 특별한 일이 있었습니까?"

"48시간 이내라면……. 하아, 잘 생각이 안 나요. 폐렴 치료는 계속하고 있었고…… 뭐더라? 특별한 건 없는데."

장영은이 답답한지 발을 동동 구르며 기억을 떠올리려 했다.

"장영은 선생, 천천히 생각해 봐요. 분명 은진이가 평소와는 다른 것이 있었을……."

"교수님! 맞아요!"

그러자 뭔가가 떠올랐는지 장영은이 목소리 톤을 높였다.

"뭔데요?"

"은진이가 걷는 걸 버거워했어요."

"걷는 걸요? 어떻게?"

"워낙 활동적인 아이라, 하늘공원이나 병동에서 걸어 다니면서 바깥 구경 하는 걸 엄청 좋아하는 아이였는데, 그날따라 걷기가 싫다고 했어요."

"싫다고요? 혹시 다리가 아프다고 하던가요?"

"네, 맞아요! 그랬어요. 엔간하면 나가자고 할 때 마다하는 아이가 아니어서 이상하다 싶었거든요."

"혹시 한쪽 다리만 아프다고 하던가요?"

"두 다리가 다 아프다고 했어요. 그래서 은진이 어머께서 계속 주물러 줬거든요. 네! 확실히 기억나요. 갑자기 다리가 저린다고 했던 것 같아요. 어머니께서 주물러 주니까 금방 좋아지는 것 같아서, 별도로 조치를 취하지 않았는데, 그, 그게 문제였을까요?"

잔뜩 겁을 집어먹은 장영은의 표정이었다.

"아, 그래요. 혹시, 은진이가 예방접종 같은 걸 했나요?"

"네네. 한 달 전에 독감 인플루엔자를 맞았어요! 워낙 면역력이 떨어져 있는 아이라……."

"예방접종 후에 상태는요?"

"하아, 조금 많이 아파했어요. 열도 좀 나고……. 근육통도 좀 생기고요."

"그렇군요."

인플루엔자 예방주사를 맞았다?

양다리가 걷기 힘들 정도로 급격히 저린다?

고개를 갸웃거려 보는 김윤찬. 잠시 눈을 감고 뭔가를 생각하더니 눈을 떴다.

그리고 곧바로 벤자민 교수에게 달려갔고, 장영은에게 들은 얘기를 그에게 설명해 주었다.

"흠, 갑작스러운 다리 통증을 호소했단 말이죠?"

"그렇습니다."

"최근에 폐부종과 함께 폐렴 치료도 했었고요?"

뭔가 감이 잡히는지 벤자민 교수의 눈동자가 점점 커지는 듯했다.

"그렇습니다. 최근에 독감 인플루엔자 예방주사를 맞기도 했다고 합니다. 교수님!"

"그렇다면?"

"……."

이심전심인가? 벤자민 교수가 김윤찬을 보며 눈을 빛내자 그 역시 고개를 끄덕여 화답했다.

"길랑-바레 증후군!"

"길랑-바레 증후군!"

그리고 두 사람의 입에서 동시에 터져 나온 단어는 '길랑-바레 증후군'이었다.

길랑-바레 증후군(Guillain-Barre Syndrome).

말초신경과 뇌신경에 나타나는 원인 불명의 염증성 질환으로, 길랑과 바레라는 사람이 처음으로 발견해 그 이름을 따 붙여진 병이었다.

즉, '급성 염증성 탈수초 다발성 신경병증'이라는 어려운 이름이 붙여진 병이었다.

좀 더 쉽게 설명하자면 컴퓨터나 TV 같은 가전제품에 달려 있는 전원선에 문제가 생긴 것을 의미한다.

아무튼, 대부분의 경우 크게 문제가 되지 않는 병이긴 하나, 급성으로 병이 발병할 경우에는 아주 드물게 사망할 수도 있는 병이었다.

물론 아주 드물다는 거지, 전혀 가능성이 없는 것은 아니었다.

"김윤찬 교수! 지금 당장 뇌척수액 검사를 해 보시오!"

김윤찬의 설명을 들은 벤자민 교수가 소리쳤다.

"알겠습니다. 교수님! 택진아! 지금 당장 뇌척수액 검사해 보고, 최대한 빨리 검사 결과 좀 확인해 봐 줘. 알았어?"

김윤찬이 벤자민 교수의 조언대로 이택진에게 뇌척수액 검사를 지시했다.

"길랑-바레 증후군이 맞다고 생각하는구나?"

"그래. 벤자민 교수님도 나와 같은 생각이야."

"아, 알았어. 지금 당장 검사해 볼게."

"그래, 고맙다."

"장영은 선생, 나 좀 도와줘요. 은진이 자세가 안 잡히네?"

"네, 알겠습니다."

잠시 후, 그렇게 김윤찬의 지시에 따라 이택진이 은진이의 척수에 천자를 꼽아 뇌척수액을 뽑기 시작했다.

그렇게 이택진이 은진의 뇌척수액을 뽑는 시술을 하는 사이, 김윤찬이 명준혁 교수에게 다가갔다.

"교수님, 은진이 기관 삽관 잠시만 제거해 봅시다."

"네? 기관 삽관을 제거한다고요??"

이미 마취가 진행되고 있는 상황. 마취제뿐만 아니라 신경근 차단제 및 각종 약물이 투여되고 있는 상황이었다.

따라서 지금 기관 삽관을 제거한다는 것은 위험천만한 일이었다.

"어쩔 수 없습니다. 제가 확인을 해 봐야 할 것이 있어요."

"하아, 기관 삽관에는 아무런 문제가 없을 텐데요?"

명준혁 교수의 표정이 일그러졌다.

자신의 고유 권한을 침범한 김윤찬에 대한 불편함의 표시였으리라.

전신마취 유도, 전신마취 유지 및 각성, 회복까지는 전적으로 명준혁 교수의 권한이었다.

비록 집도의라 할지라도 그 부분을 간섭하거나 명령할 수는 없는 부분.

"기관 삽관에 문제가 있는 것이 아니라, 은진이 상태에 문제가 있는 것 같습니다!"

이를 잘 알고 있는 김윤찬이 명준혁을 설득하기 시작했다.

"아이 상태에 문제요?"

"그렇습니다. 만약에 은진이가 길랑-바레 증후군이라면 염증으로 인해 기관지 쪽에도 충분히 문제가 생길 수 있을 겁니다. 그걸 확인해 보고자 하는 것입니다."

"길랑-바레요?? 확실합니까?"

"네. 지금 뇌척수 검사를 마쳤으니 곧 결과가 나올 겁니다."

"아, 알겠습니다. 그렇다면 확인해 보는 것이 좋겠군요. 길랑-바레면 당연히 호흡기 쪽에도 문제가 있을 겁니다. 바로 확인해 보겠습니다."

"감사합니다, 교수님!"

잠시 후.

그렇게 김윤찬의 설명을 들은 명준혁 교수 곧바로 익스튜베이션(삽관 제거) 했다.

"뭐, 뭐? 뭐야, 이건??"

그렇게 삽관을 제거한 후, 관을 살펴보던 명준혁 교수의 눈동자가 부풀어 올랐다.

명준혁 교수가 경악한 이유는 너무도 어처구니없었기 때문이었다.

삽관한 튜브 끝을 염증을 동반한 가래가 막고 있었다.

짙은 가래로 인해 튜브가 막혀 있었기에, 산소 공급이 원활하지 못했던 것.

그래서 산소 포화도가 급격히 떨어졌던 것이다.

길랑-바레 증후군의 경우 말초신경에 문제가 생기고, 일시적인 마비 증세에서 심할 경우 전신 마비가 올 수 있는 상황이었다.

결국 어떠한 이유에서인지는 정확히 밝혀지지 않았지만, 길랑-바레 증후군으로 인해, 호흡곤란이 왔던 것으로 추정할 수 있었다.

'젠장, 이, 이게 말이 되나?'

명준혁 교수가 어이없다는 듯이 멍하니 삽관을 응시했다.

"조은정 간호사! 당장 이거 좀 제거해 줘요."

"네, 교수님."

명준혁 교수의 지시를 받은 조은정 간호사가 삽관을 막고 있던 염증성 가래를 세척하고 소독하기 시작했다.

"김 교수님, 원인은 바로 이것 때문이었습니다! 이것 때문에 산소 포화도가 떨어지고 혈류량이 곤두박질친 것 같아요. 어떻게 이런 일이……."

잠시 후, 황당한 표정의 명준혁 교수가 걸러 낸 가래 덩어리를 김윤찬에게 내보였다.

"네. 아무래도 길랑-바레 증후군이 맞는 것 같군요."

김윤찬이 확신에 찬 눈빛으로 걸러 낸 가래 덩어리를 살펴봤다.

"아무래도 그런 것 같습니다. 김 교수님의 예측이 맞은 것 같아요."

명준혁 교수 역시, 고개를 끄덕이며 김윤찬과 같은 생각임을 밝혔다.

"이제 원인이 규명되었으니, 바로 조치를 취해야 할 것 같네요. 이미 시간이 상당히 지체되었어요. 바로 인튜베이션부터 다시 해 주세요."

"아, 알았습니다. 최대한 빨리 복원하도록 하겠습니다!"

'아씨, 이게 진짜 말이 되나? 이런 건 난생처음이네?'

당혹감을 숨길 수 없는 명준혁 교수였다.

"빨리빨리 움직입시다!"

명준혁 교수가 다시 기관 내부로 튜브를 삽입하고, 튜브를 마취기에 연결했다.

초응급한 상황이라, 그 어느 때보다 신속한 조치였다.

지이이이잉.

그리고 때마침 뇌척수 검사 결과도 도착해 있었다.

"교수님, 뇌척수 검사 결과 나왔습니다."

"네, 수고하셨습니다."

검사실 담당자가 은진이의 검사 결과를 가지고 와 이택진에게 넘겨주었다.

"김 교수, 은진이 길랑—바레 증후군이 맞는 것 같아."

검사지를 받아 든 이택진이 헐레벌떡 달려와 결과지를 김윤찬에게 내보였다.

"그런 것 같네."

김윤찬이 고개를 끄덕거렸다.

"어떡하지? 지금 상황상 혈장 분리 반출술은 힘들 것 같은데? 그렇지 않나?"

혈장 분리 반출술은 길랑-바레 증후군을 치료하는 방법이었다.

"지금 은진이 상태로는 힘들어. 일단 인공호흡기 유지하면서 면역 글로불린 주사합시다. 벤자민 교수님, 그렇게 하면 되겠습니까?"

김윤찬이 고개를 돌려 벤자민 교수에게 조언을 구했다.

"맞습니다. 지금 시간이 많이 지체되었어요. 환자 상태로 봐서 플라스마페레시스(혈장 분리 반출술)는 여건상 안 될 것 같군요."

벤자민 교수가 천천히 고개를 내저었다.

"역시 면역 글로불린 치료를 해야겠지요?"

"굿! 그것이 최선의 선택이 될 수 있겠군요. 면역 글로불린을 투여하는 것이 가장 좋은 방법일 것 같습니다."

벤자민 교수 역시 김윤찬과 같은 의견이었다.

"네, 알겠습니다. 황진희 간호사님! 지금 당장 은진이한테 면역 글로불린 주사 놔주세요!"

"네. 알겠습니다, 교수님!"

갑작스럽게 은진이를 패닉에 빠뜨렸던 원인, 길랑-바레

증후군.

길랑–바레 증후군으로 말초신경에 문제가 생겼고, 그로 인해 갑작스레 기관지에 염증이 생겼던 것.

결국 다량의 가래가 배출되면서 기관 튜브가 막혔던 것으로 밝혀졌다.

명준혁 교수가 삽관을 시도할 당시만 해도 아무런 문제가 없었기에, 미처 생각이 거기까지 닿을 수 없었다.

김윤찬과 벤자민 교수가 이를 조금만 늦게 발견했어도, 은진이의 생명을 담보할 수 없는 매우 위급한 상황이었다.

말 그대로 천우신조!

하늘이 은진을 지켜 줬다고 해석할 수밖에 없는 천운이었다.

그렇게 급박했던 상황이 정리되었고, 이제 다시 수술을 시작해야 하는 상황이었다.

"은진이 활력징후는요?"

"……괜, 괜찮아지는 것 같습니다! 산소 포화도 정상으로 돌아왔고, 혈압도 정상 수치에 가까워졌어요! 천운입니다, 천운!"

명준혁 교수가 능숙한 솜씨로 다시 기관 삽관을 했고, 이를 통해 고농축 산소가 유입되자 떨어졌던 산소 포화도가 정상 수치를 되찾았다.

"하아……."

그동안 침착하게 대응하긴 했지만, 속은 새까맣게 타들어 갔던 김윤찬이 그제야 안도의 한숨을 내쉬었다.

수술 대기실.

참관실을 폐쇄하고 수술 대기실로 나온 윤미순.

초조한 듯 상기된 표정으로 의자에 앉아 있었다.

"여보! 은, 은진이 살았습니다!"

조병천 원장이 득달같이 달려왔다. 자리에서 벌떡 일어나는 그녀.

"정말요?"

"그렇습니다! 김윤찬 교수가 문제를 찾아낸 것 같습니다. 이제 곧 수술이 재개될 것 같아요!"

"당연하죠. 당연히 그렇게 되어야죠. 별거 아닌 걸 가지고 뭘 그렇게 호들갑을 떨어요? 체통 떨어지게?"

윤미순이 말려 올라간 치맛단을 바로잡으며 애써 태연한 척했다.

"그러게 말입니다! 역시나 듣던 대로 김윤찬 교수, 대단하네요! 당황하지 않고 원인을 찾아내 조치했다고 합니다."

"흠흠흠, 그럼요! 우리가 김윤찬 교수한테 투자한 게 얼만데, 그 정도는 당연히 이겨 내야죠. 암요! 달리 존스홉킨스 출신입니까?"

슬그머니 비어져 나오는 웃음을 주체할 수 없는 윤미순이었다.

"맞습니다. 이제 곧 수술이 다시 시작될 것 같은데, 다시 참관석으로 옮길까요?"

"아닙니다. 그냥 이대로 둬요. 괜히 우리가 보고 있다는 걸 알면 김 교수가 부담스러워할 거예요. 편안하게 집도할 수 있도록 놔둡시다."

"와, 당신 진짜 김 교수를 무척 신임하고 있나 보군요?"

불같은 성정을 가진 윤미순이었기에 지금 그녀의 태도는 조병천 입장에선 이해하기 힘든 부분이었으리라.

"최소한 당신보단 믿죠."

"쩝, 네."

"아무튼, 수술 끝날 때까지 무슨 일이 있을지 모르니까 당신하고 부원장이 알아서 잘 서포트해 줘요."

"네, 그렇게 할게요."

"다들 신경이 날카로워져 있을 테니, 괜한 오지랖 부리지 말고 조용히요."

"네네, 그럼요."

"그러고 지금 당장 서운대 의료진 만나서 잘 설명을 해 줘요. 나야 의학 분야에 문외한이니, 당신이 알아서 해요."

"네, 염려 마세요. 제가 잘 설명해 드리도록 하겠습니다."

"그래요. 당신도 고생했어요. 끝까지 긴장의 끈을 놓지 말고 집중하도록 해요."

"네. 그러면 전 서운대 의료진을 만나러 가겠습니다."

"네, 수고해요."

'그럼 그렇지! 내가 사람 보는 눈 하나는 타고난 사람이야. 이 정도에 쓰러질 김윤찬이가 아니지. 암! 김 교수! 끝까지 수고해 줘요!'

조병천 원장의 모습이 사라지자 윤미순이 두 주먹을 불끈 쥐었다.

❤

그렇게 한바탕 폭풍우가 지나간 수술방. 모두 전열을 가다듬었고 바티스타2 오퍼레이션이 재개되었다.

김윤찬 교수를 필두로 퍼스트에 선 벤자민 교수는 꼼꼼하게 수술 과정을 조언하며 어시스트했다.

장영은을 비롯한 흉부외과 레지던트들 역시, 그 어느 때보다 열성적으로 김윤찬의 집도를 지원 사격 했다.

쨰각쨰각.

그렇게 시간이 흘러, 어느덧 수술을 시작을 시작한 지 7시간째. 역사적인 순간이 이뤄졌다.

바티스타2 오퍼레이션 완료!

마침내 수술방에 있는 모든 의료진과의 협업을 통해, 김윤찬은 국내 최초로 바티스타2 오페레이션을 완벽하게 집도할 수 있었다.

"펄퓨전 플로우 낮춰 주세요."

"네. 교수님, 펄퓨전 플로우 낮춥니다."

관류의 흐름을 낮춰 주는 작업이었다.

"압력 천천히 낮춥시다. 은진이 코로너리 아테리(관상동맥)가 매우 연약합니다. 주의하지 않으면 상처가 생길 수 있어요."

끝까지 집중력을 잃지 않는 김윤찬이었다.

"네, 알겠습니다."

"좋아요. 이제 심장 안에 공기 제거하고 ACC off(Aorta cross clamaping off) 합시다."

대동맥 근위부를 물고 있던 클램프를 제거해 줌으로써 정상적인 혈액의 흐름으로 바꾸는 것. 즉, 이제는 인공심폐기를 환자의 몸에서 분리하는 과정이었다.

이 과정에 들어간다는 것은 은진이가 이제 더 이상 인공심폐기에 의존하지 않아도 된다는 것을 의미했다.

"네, 교수님! 언클램핑 하겠습니다."

이제 심장을 닫고, 활력징후를 확인하면 모든 것이 끝나는 셈이었다.

"자, 이제 심장 닫겠습니다!"

"네, 교수님!"

그렇게 김윤찬은 이택진과 함께 벌어져 있던 은진이의 심장을 닫고 모든 수술을 마무리할 수 있었다.

소요 시간 8시간 30분!

중간에 큰 부침이 있었던 것을 감안하면, 예정됐던 시간보다 30분 단축한 셈이었다.

그야말로 완벽한 수술이었다.

짝짝짝짝!

"김 교수님! 정말, 정말 고생 많았습니다."

황진희 간호사가 가장 먼저 다가와 김윤찬의 수술 장갑을 벗겨 주었다.

"네, 감사합니다. 황 간호사님이 안 계셨으면 힘들었을 거예요."

휴우, 안도의 한숨을 내쉬는 김윤찬. 머리에서 김이 모락모락 올라올 정도로 땀에 흠뻑 젖어 있었다.

"어휴, 그게 무슨 소리세요? 저, 진짜 놀랐어요. 우리 윤찬 쌤 실력이 이 정도인 줄은 꿈에도 몰랐거든요! 정말 감동적인 수술이었어요."

황진희 간호사가 환하게 웃으며 쌍따봉을 날렸다.

"어메이징! 내가 나이프를 잡은 이후로 이토록 아름다운 수술은 처음이었어요, 닥터 라이언!"

벤자민 교수 역시, 상기된 얼굴로 김윤찬을 치하했다.

벤자민이 붕대를 감고 있던 오른팔을 들어 올려 하이 파이

브 자세를 취했다.

"교수님, 그거 오른손인데? 안 아프세요?"

"하하하, 나도 모르게 그만……. 내가 너무 흥분해서 통증을 못 느끼나 봅니다. 웁스! 이거 닥터 라이언이 그러니까 아프기 시작하는군요."

벤자민이 빛과 같은 속도로 오른팔을 내리며 민망한 표정을 지었다.

"괜찮습니다. 교수님, 오른팔 멀쩡하신 거 다 알아요. 더이상 연기 안 하셔도 돼요, 이젠!"

김윤찬이 벤자민에게 다가가 귀엣말을 전했다.

"왓? 뭡니까? 닥터 라이언? 다 알고 있었던 겁니까?"

"큭큭큭, 처음에는 몰랐죠. 그런데 수술 전날 밤에 교수님, 공원에서 넘어지셨잖습니까?"

"그랬죠. 그런데요?"

"오른팔이 아프신 분이, 넘어지면서 씩씩하게 오른팔로 땅을 짚고 일어나시더라고요? 그때 알았죠."

김윤찬이 빙그레 웃으며 턱짓으로 벤자민 교수의 오른팔을 가리켰다.

"웁스! 이렇게 되면 모든 것이 들통난 겁니까?"

"그렇습니다. 왜 그러셨어요?"

"음, 뭐. 지금의 모든 결과가 그 이유 아니겠습니까? 난, 처음부터 닥터 라이언이 잘 해낼 거란 믿음이 있었어요."

"제가 집도할 수 있도록 하기 위해서 일부러 그러신 겁니까?"

"뭐, 그건 알아서 해석하십시오. 음, 그건 그렇고, 한국에선 이렇게 대수술이 끝나면, 술 한잔 한다면서요? 오늘은 'Red Nose Day(코가 빼뚤어지게 마시는 날)'가 되는 겁니까?"

"하하하, 그렇습니다. 보통은 돼지고기 삼겹살에 소주를 마시죠. 그렇지, 택진 교수?"

"그럼, 그럼! 오늘 우리가 좀 놀랐냐? 지금도 놀란 가슴이 진정이 안 된다! 당연히 소주로 진정시켜야지. 같이 가시죠, 벤자민 교수님!"

"좋습니다! 한국에 왔으니, 한국법을 따라야죠. 드디어 닥터 라이언이 칭찬하던 삼겹살과 소주를 맛볼 수 있겠군요."

하하하, 벤자민 교수가 짙은 은갈색 눈썹을 꿈틀거리며 환하게 웃었다.

그렇게 윤진의 바티스타2 오퍼레이션은 성공적으로 마무리될 수 있었다.

고함 교수 돌아오다

인천공항.

모든 일정을 마치고 미국으로 돌아가는 벤자민 교수.

김윤찬이 그를 배웅하기 위해 인천공항을 찾았다.

"교수님, 고생 많으셨습니다!"

"하하하, 내가 뭐 한 게 있습니까? 모든 건 닥터 라이언이 한 겁니다."

그동안 벤자민 교수의 오른팔에 감겨 있던 깁스가 풀어져 있었다.

"깁스 풀으셨네요?"

"맞아요! 라이언 말대로, 연희병원 정형외과는 대단하더군요! 미국에서는 어림도 없었는데, 이곳 의사들은 이틀 만에 제 팔을 고쳐 내더군요? 적어도 두 달은 걸릴 줄 알았는데?"

벤자민 교수가 자신의 오른팔을 돌려 보며 너스레를 떨었다.

"거 보십시오. 제가 뭐라고 했습니까? 우리 병원은 물론, 우리나라 모든 병원의 수준이 상당하다니까요? 구암 허준의 후예들 아닙니까?"

"맞습니다! 저도 유네스코 세계 문화유산에 등재된 동의보감 번역본에 관심이 많습니다. 정말 대단한 내용들이 담겨 있더군요. 나중에 시간이 나면 우리 그 부분에 대해서 진지하게 토론해 봅시다."

"좋습니다."

"그래요. 정말 고생 많았어요. 이번 수술은 평생 잊지 못할 겁니다."

"음…… 교수님이 제 옆에 계시지 않았더라면, 불가능했을 수술이었습니다. 저한테 기회를 주셔서 다시 한번 감사합니다."

"무슨 소리! 닥터 라이언의 멋진 술기를 감상할 수 있는 기회를 줘서 내가 더 고맙습니다! 정말 한 편의 영화 같은 감동적인 수술이었어요."

"감사합니다."

"닥터 라이언! 실은 저 손가락 관절 통증이 무척이나 심합니다! 키보드는 물론이고 나이프 들기도 사실 버거워요. 그러니 이번 수술은 내가 양보한 게 아니라, 어쩔 수 없는 하늘의 선택이었습니다."

"네에."

"나, 사람의 목숨을 놓고 그렇게 무책임한 선택을 하는 사람 아닙니다. 충분히 검토했고, 충분히 분석했어요. 그리고 닥터 라이언이 집도하는 것이 보다 성공할 확률이 높다고 결론 내렸어요."

"그러셨군요."

"그러니 쓸데없는 생각은 하지 않는 게 좋아요. 절 대신해서 집도한 게 아니라, 최선의 선택을 한 겁니다. 그리고 결과가 이를 증명하지 않았습니까?"

"네, 감사합니다."

"그래요! 우리 언제 또 볼 수 있을까요?"

"내년에 세계 심장학회가 있지 않습니까? 이번 바티스타2 오퍼레이션에 관심이 지대하더군요. 벌써부터 논문 요청이 쇄도하고 있어요. 그때 뵐 수 있을 것 같습니다."

"그럼요! 정말 엄청난 일을 해내신 겁니다. 우리 그때, 또 만나서 많은 얘기 나눕시다! 보고 싶을 겁니다!"

와락, 벤자민 교수가 김윤찬을 끌어안았다.

그렇게 벤자민 교수가 김윤찬과의 아쉬운 작별을 뒤로하고 미국행 비행기에 몸을 실었다.

조병천 원장실.

조병천이 김윤찬의 수술 성공을 치하하기 위해 그를 원장실로 호출했다.

"정말 고생 많았어요. 김 교수!"

입이 귀에 걸린 조병천 원장이 김윤찬의 손을 덥석 부여잡았다.

그도 그럴 것이, 이번 은진이 수술을 성공적으로 마침으로써 연희병원의 위상은 올라갔다.

김윤찬은 이 모든 공을 조병천 원장과 윤미순의 헌신적인 지원 덕으로 돌렸으니, 가뜩이나 성과가 미미해 입지가 좁아져 있던 조병천 원장의 입장에선 김윤찬이 이뻐 보이지 않을 리가 없었다.

아니, 어떻게 보면 무능력으로 인해 원장 자리마저 위태롭던 자신을 지켜 준 구세주와도 같은 존재였으리라.

"아닙니다. 아직 은진이가 완전히 회복된 것도 아니고, 좀 더 지켜봐야 할 것 같습니다."

"그래요. 돌다리도 두드려 보고 건너라고 하지 않았습니까? 끝까지 은진이의 회복을 지켜봐야겠지요. 병원 측에서도 모든 지원을 아끼지 않을 생각입니다."

"감사합니다, 원장님."

"아! 그리고 병상에 계시는 이사장님도 이번 수술 성공을 무척 기뻐하시고 계십니다."

"다행이군요."

"그래요. 이사장님이 신신당부하셨습니다. 김윤찬 교수와 함께, 우리 흉부외과를 세계 최고 수준으로 만들어 나갈 비전 작업에 착수하라고 하시더군요. 모든 지원을 아끼지 말라고 하셨습니다."

조병천 원장이 잔뜩 고무된 표정으로 열변을 토했다.

"네. 최선을 다해서 비전 로드 맵을 만들어 보도록 하겠습니다."

"그래요. 그건 그렇고, 사실 김 교수하고 긴밀히 협의해야 할 것이 있는데 말이죠……."

조병천 원장이 심각한 표정으로 말끝을 흐렸다.

"어떤?"

"흉부외과도 이젠 인력 개편을 해야 할 때가 되지 않았나 싶어요. 그동안 너무 고였어. 이제는 물갈이를 한번 해 줘야 할 것 같은데 말이지."

"물갈이라면?"

"이번에 은진이 수술을 진행하는 과정에서 확실히 아군과 적군이 구분된 느낌이야."

"그게 무슨 말씀입니까?"

"사실 자네도 알다시피, 자네가 힘든 수술을 집도하지 않았는가? 흉부외과는 물론이고, 온 병원이 이번 은진이 수술에 사활을 건 마당에 한상훈 과장은 무엇을 하고 있었냐는 말이지."

"음, 그래서요?"

"정말 아무것도 한 것이 없어. 벤자민 교수가 어떤 사람인가? 그런 유명 인사가 우리 병원을 찾아왔다는 것만으로도 대단한 건데, 한상훈 과장은 흉부외과 수장이란 사람이 뒷짐만 지고 있었으니 말이야."

"……."

"지난번에 참관실에서 보니, 은근 이번 수술이 실패하길 바라는 눈치였어!"

조병천 원장이 미간을 찌푸리며 한상훈 과장을 지탄했다.

"그럴 리가 있겠습니까? 그건 원장님의 오해십니다."

"그래그래. 나도 그게 오해였으면 좋겠지만, 그게 내 생각만은 아니야. 요즘 한상훈 과장에 대한 소문이 너무 안 좋아. 자네를 중심으로 똘똘 뭉쳐도 모자란 판에 사사건건 자네를 견제하려고만 하니 말이야."

"음, 저는 상관없습니다."

"아냐. 나도 그렇고 내 아내도 그렇고, 이참에 자네한테 흉부외과 수장 자리를 맡길 생각인데, 자네 생각은 어떤가?"

"아닙니다. 아직은 때가 아닙니다."

김윤찬이 조병천 원장의 제안에 고개를 내저었다.

"왜 안 된다는 건가? 실력이면 실력, 지명도면 지명도. 모든 것을 따져 봐도 자네가 맡기에 조금도 부족함이 없어."

"아뇨. 이런 식으로 단편적인 사안을 가지고 수장의 자리가 흔들리는 것은 장기적으로 좋지 않습니다. 향후 이토록 임기 보장이 안 되는 자리를 누가 맡으려 하겠습니까?"

"그건 그렇긴 하지만……."

조병천 원장! 아직은 아니야.

의료 기기 업체와의 리베이트 문제가 불거졌을 때도 다시 부활한 한상훈이야.

지금 섣불리 건드렸다가는 무슨 짓을 할지 모르는 인간이라고!

서서히, 좀 더 완벽하게 준비해야 합니다.

다시는 재기를 꿈꾸지 못하도록 말입니다!

"지금 한상훈 과장님은 자리에서 물러날 만큼 큰 과오를 저지르지 않았습니다. 그럼에도 불구하고 이런 식으로 물러나게 한다면 원장님과 사모님에 대한 신뢰가 무너지게 될 겁니다. 여전히 한상훈 과장을 따르는 사람들도 많으니까요."

"음, 그렇긴 하지. 한상훈 과장이 나름 인맥은 잘 갖춰 놓긴 했어. 외과 교수 중에 여전히 한상훈 과장을 추종하는 세력들이 존재하긴 하니까."

"……."

"그러면 어떻게 하면 좋겠나? 이대로 한상훈 과장을 놔뒀

다간, 향후 그자가 얼마나 폭주할지 몰라! 항간에 한상훈 과장이 처남을 자주 만난다는 소문이 있어."

병원 문제도 문제지만, 조병천 원장의 속내는 다른 데 있었다.

한상훈이 망나니로 소문나 후계 구도에서 완전히 밀려난 윤 이사장의 아들, 윤장현과 접촉을 하고 있다는 것. 그것이 가장 꺼림칙한 부분이었다.

게다가 한상훈 과장은 호시탐탐 자신의 자리를 노리고 있는 자였기에 경계를 하지 않을 수 없었다.

"너무 신경 쓰지 마십시오. 원장님은 이 병원의 수장으로서 지금의 역할에 충실하시면 될 겁니다. 사모님의 능력을 과소평가하지 마십시오."

윤미순의 신뢰를 얻고 있는 김윤찬. 지금 조병천의 입장에서 김윤찬만큼 믿을 수 있는 사람은 없었다.

"음, 그거야 그렇긴 하지. 나 역시 김 교수를 절대적으로 신임합니다. 그래도 영 뭔가 찜찜해서……."

여전히 뭔가 개운치 않은 듯 조병천 원장이 고개를 갸웃거렸다.

"원장님, 기억하고 계십니까? 제가 3년 내로 우리병원 흉부외과를 세계 톱 3 수준으로 올려놓겠다고 한 말을요?"

"그럼, 그럼. 워낙 황당한 소리라 잊어버릴 수가 있나? 당연히 기억하고 있지."

"지금도 여전히 황당한 제안이라고 생각하십니까?"

"음……. 솔직히 말함세. 사실 그때 속으로 코웃음을 친 건 사실일세. 하지만 지금 자네를 보면 가능할 수도 있겠다는 생각이 들어. 이번 은진이 수술만 해도 그렇잖나? 지금 세계 유수의 병원에서 우리 병원에 공부하러 오겠다는 전문을 보내오고 있으니까."

"그렇습니다. 제가 드린 제안은 지금도 유효하고 앞으로도 반드시 이뤄야 할 목표이자 제 꿈입니다."

"그래그래, 나 역시 지금부터는 자네를 믿고 적극적으로 지원할 생각이야. 그 부분은 아내도 마찬가지고."

"네, 그렇습니다. 저 역시, 두 분을 믿고 최선을 다할 것입니다."

"허허허, 그렇게 생각해 주니 고맙군."

"그래서 말인데, 이쯤 해서 원장님께서 절 한번 도와주셔야 할 것 같습니다."

김윤찬의 눈을 빛내며 조병천 원장을 응시했다.

"뭔가? 뭐든 말해 보게. 이 자리를 내놓으라면 내놓을 마음의 준비까지 하고 있단 말이지."

조병천 원장이 손바닥으로 소파를 탕탕 치며 호기를 부렸다.

"그럴 리가 있습니까? 다름이 아니라, 이쯤 되면 흉부외과 황제를 다시 귀환시켜야 하지 않겠습니까?"

"흉부외과 황제?"

"그렇습니다. 고함 교수님! 다시 복직시켜 주시지요. 고 교수님이 다시 돌아오시면, 한상훈 과장 역시 함부로 움직이지는 못할 겁니다. 꿩 잡는 게 매라는 말도 있지 않습니까?"

"음, 고함 교수라……. 듣기로는 아직 몸이 편치 않다고 하던데?"

"많이 회복되셨습니다. 지금 우리 병원 흉부외과는 구심점 노릇을 할 분이 절실히 필요합니다. 기존 교수들부터 최말단 레지던트까지 그를 존경하지 않는 사람은 없습니다. 반드시 고함 교수님이 필요합니다."

이제는 고함 교수님이 돌아오실 때가 되었다!

김윤찬이 어금니를 악다물었다.

"좋아요! 저도 고함 교수 복직에 찬성하는 입장입니다. 다만, 지금 제 상황이 모든 것을 내 맘대로 결정할 처지는 되지 못합니다. 아내하고 상의토록……."

"원장님은 우리 병원의 수장이십니다. 건방진 말씀으로 들리실 수 있을지는 모르지만, 저 역시 원장님이 권위를 되찾을 수 있도록 모든 노력을 아끼지 않을 겁니다."

지금은 조병천 원장이 필요하다. 분명 연희병원을 이끌어 갈 능력이 되지 못하는 인간이긴 하지만.

아무튼, 말이다.

"하하하, 그렇습니까? 김 교수가 그렇게 말씀해 주시니,

절로 힘이 나는군요! 천군만마를 얻은 기분입니다. 저 역시, 고함 교수님을 다시 모실 수 있도록 최선을 다해 보겠습니다."

"네. 감사합니다, 원장님!"

"그래요. 내 옆에 김윤찬 교수가 있어서 얼마나 든든한지 모르겠어요!"

껄껄껄껄, 조병천 원장이 흡족한 듯 파안대소했다.

그날 저녁, 조병천 원장의 자택.

여느 때와 마찬가지로 조병천 원장이 정갈하게 차와 쿠키를 준비해 윤미순이 있는 서재로 향했다.

"여보, 이거 좀 들어요."

"고마워요. 마침 차 한 잔이 간절했는데, 잘되었군요."

윤미순이 쓰고 있던 안경을 빼서 접어 두며 미소 지었다.

"뭘 그렇게 보고 계십니까?"

조병천 원장이 힐끗거리며 윤미순의 노트북을 곁눈질했다.

"이제 슬슬 황제를 귀환시켜야죠. 그래야 김윤찬 교수 어깨에 힘을 실어 줄 수 있지 않겠습니까?"

윤미순이 검토하고 있던 자료는 고함 교수의 신상명세가 담긴 파일이었다.

확실히 윤미순은 조병천보다 한 수 위였다. 아니, 두세 수는 위에 있었다.

김윤찬이 지금 가장 원하는 것이 무엇인지 정확히 읽고 있는 사람이었다.

"무슨 황제를 귀환시킨다는 거죠?"

조병천 원장이 궁금한 듯 물었다.

"고함 교수 말이에요."

"아하! 맞아요. 그렇지 않아도 오늘 김윤찬 교수가 고함 교수 얘기를 하더라고요. 고 교수를 복귀시키는 것이 어떻겠냐고요."

"후훗, 그랬나요?"

"네네. 그래서 제가 당신하고 상의해 보고 결정하겠다고 말해 뒀거든요."

"잘했어요. 아무튼 늦은 감이 있긴 하지만, 고함 교수를 복귀시킬 생각입니다."

"그나저나 고함 교수가 나이도 있고, 최근에 심장 수술도 받았던 경험이 있어서, 현업에서 괜찮을지 모르겠네요?"

"명불허전이란 말이 괜히 있는 게 아니에요. 아직은 현업에서 충분히 통하는 실력이라 봅니다."

"하긴, 고함 교수만큼 임상 경험이 많은 흉부외과 교수도 드물죠. 그래도 좀 체력적으로 무리가 있긴 할 텐데요?"

"그거야 뭐, 정 힘들면 석좌 교수 자리에 앉으면 되는 것 아닙니까? 김 교수 입장에선 그게 더 좋은 방법일 수 있어요. 어차피 고함 교수라는 상징성이 중요한 거니까."

"아하, 그러면 되겠군요?"

"다만, 본인이 현업에 복귀하고 싶다고 하면 말릴 이유는 눈곱만큼도 없다는 거죠. 결국 내 목적은 김윤찬 교수를 잡는 거니까."

윤미순이 한쪽 입꼬리를 말아 올렸다.

"역시, 탁월하십니다."

"그러면 나머지는 당신이 알아서 처리해 주세요."

'이렇게 되면 드디어 황제가 귀환하게 되는 건가?'

윤미순이 조병천에게 고함 관련 서류를 넘겨주며 야릇한 미소를 지었다.

고함 교수 연구실.

마침내 돌아온 고함 교수.

고함 교수가 감개무량한지 자신의 명패를 손바닥으로 문질러 보고 있었다.

"교수님! 환영합니다."

쾅, 김윤찬이 문을 열고 들어와 고함 교수의 양손을 움켜쥐었다.

"그래그래. 다시는 못 돌아올 줄 알았는데, 다시 돌아왔구

나. 모두 네 덕이야."

예전의 그 당당한 모습은 찾아보기 힘든 고함 교수의 초라한 모습이었다.

"하아, 아직도 실감이 안 나시나 본데, 이왕 이렇게 오셨으니 시원하게 욕이나 한번 박아 주시죠? 그동안 교수님 욕을 못 들었더니 영 재미가 없어서요. 밖에서 싸우는 소리만 들어도 교수님이 오셨나 해서 쳐다보곤 했거든요!"

"그게 무슨 엉뚱한 소리야?"

"네네. 맞습니다, 교수님! 욕도 중독성이 있나 봐요. 요즘 금단증상 때문에 손이 덜덜 떨리더라고요! 욕 한번 씨게 박아 주시죠! 부탁드립니다."

쾅! 그 순간, 이택진이 들어와 합세했다.

"아니, 이 녀석들이 진짜! 택진이 너도 잘 있었니?"

허허허, 고함 교수가 이택진을 반갑게 맞아 주었다.

"아뇨. 교수님 못 뵈어 잘 못 지냈습니다!"

"하여간 그놈의 조동아리는 여전히 건재하구나!"

"큭큭큭, 뭐 천성이 어디 갑니까? 아무튼 잘 오셨어요, 교수님!"

와락, 이택진이 고함 교수의 양팔을 끌어당겼다.

"오냐오냐. 너희가 이렇게 의젓하게 성장한 걸 보니, 내가 뿌듯하구나. 앉거라."

"네."

"하아, 진짜 교수님! 저 때만 해도 안 그랬는데 요즘 것들은…….”

"하하하, 그게 지금도 통하는 방법이냐? 우리 때하고는 다르지!”

자리에 앉자마자 입을 털기 시작하는 이택진.

확실히 어색한 분위기를 바꿔 놓는 데 그만한 분위기 메이커도 없었다.

오랜만에 만난 사랑하는 두 제자, 그리고 그들의 스승 고함 교수는 시간 가는 줄 모르고 수다를 떨었다. 그렇게 천하의 고함 교수가 연희병원에 다시 돌아왔다.

흉부외과 수술방.

그리고 또 한 명의 반가운 얼굴이 김윤찬을 기다리고 있었다.

"야, 인턴! 이쪽으로 와 봐.”

신생아 심실중격결손증 수술을 성공적으로 마친 김윤찬이 손가락을 까딱거렸다.

"네! 교수님!”

"봐 봐, 잘 뛰지?”

콩닥콩닥, 밤알만 한 크기의 작은 심장이 힘차게 뛰고 있었다.

"네! 정말 잘 뛰고 있네요?"

인턴이 다가와 신기한 듯 신생아의 심장을 지켜보고 있었다.

"한번 만져 볼래?"

"앗! 아아, 그, 그래도 될까요?"

"그럼, 그럼. 우리 민우 심장 이제 튼튼하거든. 살짝 만져보는 건 상관없어. 이거 아무나 허락하는 거 아니다? 싫으면 관두든가."

"정말 만져 봐도 됩니까?"

여전히 미심쩍은지 인턴이 몸을 움찔거렸다.

"진 선생, 괜찮아. 강아지 머리 쓰다듬듯이 살짝만 만져봐. 아기의 심장 진동이 온몸으로 전해질 거야."

인턴이 망설이자 장영은이 안심시키며 인턴의 손을 잡아당겼다.

"아, 알겠습니다."

몇 번을 망설이다 마침내 인턴이 아이의 심장을 부드럽게 건드려 보았다.

"어때?"

"와! 진짜 너무너무 신기해요. 어떻게 이럴 수가 있죠? 심장이 막 뛰어요!"

인턴이 신기한 듯 어쩔 줄 몰라 했다.

"인턴! 우리 과가 바로 이런 일을 하는 곳이란다. 어때? 멋지지 않아?"

김윤찬이 인턴을 보며 살며시 미소 지었다.

"네! 그렇습니다. 저도 흉부외과에서 일하고 싶어요."

"그렇지? 아무리 생각해도 우리 과만 한 곳이 없지?"

"넵! 그렇습니다."

"너 나중에 딴소리하기 없기다?"

"물론이죠! 저 처음부터 교수님이랑 같이 일하고 싶었다니깐요!"

"오호! 너 잘 생각해라? 우리 과에 고함 교수님도 계셔? 그래도 괜찮겠냐?"

"넵! 교수님! 저 진순남입니다. 엔간한 욕 가지고는 제 귓밥도 못 건드려요. 애초에 흉부외과 전공하려고 이 병원에 지원한걸요?"

"그래, 좋았어! 장 선생! 일단 진 선생한테 각서부터 받아 놓도록 해. 특약으로 조직을 배반할 시 손가락 하나 넘기는 조항 잊지 말고!"

"음, 차라리 이번 기회에 각서 조항을 바꾸는 게 어떨까요? 조항이 너무 약한 것 같아서요."

장영은이 고개를 갸웃거렸다.

"조항을 바꿔? 어떻게?"

"손목으로 하죠? 그래야 다시는 의사 생활 못 할 거 아닙니까?"

"하하하, 진심이야?"

"그럼요! 적어도 흉부외과에 들어오려면 그 정도 각오는 해야죠!"

장영은이 진순남을 바라보면 배시시 웃었다.

"이봐, 진순남 선생, 그래도 우리 과에 올래?"

"이왕 이렇게 된 거, 아예 양쪽 팔목을 다 걸죠? 그 정도는 돼야 진심이 통하지 않을까요?"

진순남이 자신의 양팔을 전부 올려 보이며 자신감을 내보였다.

"하하하, 이거 보통 아니네? 물건이야, 물건! 그렇지 않나, 장 선생?"

"후훗, 그러게요? 정말 진심인가 보네요."

지금 수술방에서 김윤찬을 어시스트하고 있는 인턴.

그는 그 옛날, 김윤찬이 교도소 의무관으로 일할 때 인연을 맺었던 3309 진순남이었다.

그가 마침내 어렵사리 의대를 졸업하고 인턴 생활을 시작하게 되었다.

김윤찬 교수 연구실.

수술이 끝난 후, 김윤찬이 장영은을 자신의 연구실로 호출했다.

"진순남 선생 어때 보여?"

"네, 열정이 대단한 것 같아요."

"그래? 우리 과에 들어오면 잘할 것 같은가?"

"물론이죠. 요즘 인턴들이 어디 외과를 전공하려고 하나요? 들어오겠다고 하면 무조건 대환영이죠."

"아니 그런 말이 아니고, 이 녀석, 외과 써전으로 가능성이 보이냐고 물어보는 거야."

"저의 짧은 소견으로는 충분히 가능성이 있다고 생각합니다."

"그래? 이유가 있나?"

김윤찬이 호기심에 찬 얼굴로 장영은을 바라봤다.

"네. 노력하고 공부하려는 자세가 돋보이고, 환자를 생각하는 마음도 다른 인턴들과는 다른 것 같아요."

"어떻게 다르다는 거지?"

"뭐랄까? 아픔을 공유하고 있다는 느낌이랄까요?"

"어떻게 공유했다는 건데?"

"김점순 할머니 있잖아요."

"그래. 대동맥 판막 협착 환자분 말인가? 그 할머니가 왜?"

"이상한 거 못 느끼셨어요? 우리 병원에 처음 입원했을 때를 잘 생각해 보세요."

"글쎄……. 맞다! 처음에 김점순 할머니 입원했을 때, 우리 모두 청각장애인인 줄 알았잖아. 워낙 말이 없으셔서."

"네, 그랬죠. 그런데 지금은 완전 수다쟁이 할머니가 되셨잖아요?"

"맞네, 맞아. 갑자기 말문이 트이셔서 나도 깜짝 놀랐지. 근데, 그게 진순남 선생하고 무슨 상관이 있다는 거지?"

"말동무! 진순남 선생이 할머니의 말동무가 되어 주었어요. 김점순 할머니는 말씀을 못 하시는 게 아니라, 말할 사람이 없었던 거죠. 그 말동무를 진순남 선생이 해 줬습니다."

"하아, 그랬구나. 그런 일이 있었어."

후훗, 김윤찬이 자신의 이마를 만지작거리며 입가에 옅은 미소를 띠었다.

"그래서 전 충분히 훌륭한 써전이 될 수 있을 거라고 생각합니다."

"그래. 장 선생 말이 맞아. 순남이라면 그러고도 남을 녀석이지. 역시 내가 사람 보는 눈 하나는 제대로야?"

"네에, 진순남 선생도 그렇게 말씀하시더라고요. 이 세상에서 교수님을 가장 존경한다고."

"하하하, 녀석이 그래?"

"네. 교도소에서 교수님을 처음 만난 날부터, 교수님 같은 좋은 의사가 되겠다고 다짐했다고 하더라고요."

"뭐? 교, 교도소?"

교도소란 말에 김윤찬이 당혹감을 숨기지 못했다.

"네, 교도소요."

"그럼 장영은 선생도 전부 알고 있었던 건가?"

"네. 얼마 전에 순남 선생이 저한테 그러더군요. 교도소에 있을 때부터 교수님을 존경해 왔다고요."

장영은이 대수롭지 않다는 듯이 말했다.

"흐음, 장영은 선생은 괜찮나?"

"뭐가 말씀입니까?"

"순남이가 전과자라는 사실을 말이야."

"뭐, 순남 선생이 특별할 게 있나요? 사람들은 다 크고 작은 죄를 짓고 살아요. 과연 그 누가 자신은 순수하다고 자부할 수 있을까요? 게다가 죗값은 충분히 치르고 나왔는데 문제 될 게 있나요?"

"아무리 그래도 사회적인 통념이라는 게 있잖나? 정말 괜찮은 건가?"

"어휴, 그렇게 따지면 교수님도 교도소 출신이잖아요?"

"엇! 그, 그렇게 되나?"

김윤찬이 민망한 듯 뒷머리를 긁적거렸다.

"전 전혀 상관없습니다. 물론 그럴 리는 없겠지만, 만에 하나 진순남 선생의 과거 문제가 불거진다 해도, 제가 커버를 쳐 줄 생각이에요. 진순남 선생, 충분히 반성했고 죗값도 치렀어요. 좋은 써전이 되는 데 걸릴 건 아무것도 없다고 생각해요."

"허허허, 진짜 청출어람 청어람이란 말이 틀린 말이 아니군."

"네?"

"옛말이 틀린 게 하나도 없다고, 솔직히 고함 교수님보다 내가 좀 더 낫잖나? 아니야?"

"호호호, 네에. 맞아요. 교수님이 좀 더 멋지십니다. 고함 교수님보다는요."

"거봐. 그런데 장영은 선생이 나보다 훨씬 더 나아. 진심이야."

"어휴, 아니에요. 교수님 그런 말씀 마세요."

장영은이 민망한지 얼굴을 붉혔다.

"아니, 아니. 나보다 훨씬 나아. 난 그저 순남이의 과거가 혹시나 발목을 잡을까 노심초사했는데, 장 선생은 오히려 그걸 본인이 지켜 주겠다고 하잖아. 나 솔직히 장 선생한테 놀랐어. 난 거기까진 생각하지 못했거든. 정말 고마워."

김윤찬이 진심으로 장영은에게 감사의 말을 전했다.

"아닙니다! 제가 남동생이 없어서 그런지, 순남 선생이랑 정이 많이 들어 버렸어요. 그래서 사심이 들어간 발언을 좀 해 봤습니다."

헤헤헤, 장영은 역시 뒷머리를 긁적거리며 해맑게 웃었다.

"그래요. 우리 장 선생이 있어서 얼마나 든든한지 몰라.

앞으로 순남이 잘 좀 부탁합니다."

"저야말로 잘 부탁드립니다. 저 순남 선생이랑 의남매 맺기로 했거든요? 그러니까 제 동생 잘 부탁드려요!"

장영은이 김윤찬을 보며 환하게 웃었다.

고함 교수에 이택진, 장영은, 그리고 진순남까지.

이렇게 아주 조금씩 김윤찬 사단이 퍼즐을 맞춰 가고 있었다.

한상훈, 반격의 서막

김윤찬이 자신의 사람들을 중심으로 세력을 키워 나가자 궁지에 몰린 한상훈 과장.

그 역시, 가만히 앉아서 당하고 있을 사람은 아니었다.

띠띠띠띠.

한상훈 과장이 핸드폰을 꺼내 누군가에게 전화를 걸었다.

"저 한상훈 과장입니다. 어디서 뵐까요?"

ㅡ뭐……. 사람 눈도 있고 하니, 한적한 곳에서 보는 게 좋지 않겠습니까?

"알겠습니다."

서울 외곽 음식점.

"반갑습니다, 한상훈 과장님!"

키가 180은 충분히 넘길 정도로 훤칠했고, 댄디한 느낌이 나는 전형적으로 잘생긴 얼굴의 남자였다.

"네, 오랜만에 뵙는군요. 작년에 미국에서 뵙고 처음인 것 같습니다. 언제 한국에 들어오신 겁니까?"

한상훈이 최대한 정중한 자세로 물었다.

"음, 올해 초에 입국했어요."

"그러시군요! 그럼 미리 연락을 좀 주시지 그러셨습니까?"

"아이고, 저보다 연배가 높으신데, 그냥 편하게 말 낮추십시오."

"아닙니다. 전 이게 편합니다. 그나저나 오랜만에 고국에 오셨는데 감회가 새로우시겠습니다."

"뭐, 오랜만에 들어와서인지 한국이 엄청 달라졌더라고요. 이곳저곳 여행 좀 다니면서 돌아다니느라 연락이 늦었습니다."

"그러셨습니까? 한국 많이 변했죠?"

"그렇더군요. 우리나라가 언제 이렇게 발전한 겁니까? 완전 깜짝 놀랐습니다. 사람들 말고는 다 변한 것 같아요. 뭐, 사람들도 변하긴 했겠지만."

남자가 주변을 돌아보며 혀를 내둘렀다.

"네. 거의 10년 동안 타국에 계셨으니 오죽하겠습니까? 10년이면 강산도 변한다는 말은 다 옛말입니다. 요즘은 하루가 다르게 변하는 실정이니까요."

"그런 것 같네요. 이제 서울은 세계적인 도시가 된 것 같아요. 아주 멋지더군요."

"네, 그렇습니다. 그러면 이제 마음의 정리는 다 되신 겁니까?"

한상훈 과장이 은근슬쩍 윤장현의 속내를 떠보기 위해 질문했다.

"마음의 정리라……. 딱히 정리할 것이 있겠습니까? 그냥 저 흘러가는 도도한 한강처럼 순리에 따라서 사는 거죠. 저 큰 욕심 없습니다."

윤장현이 창밖을 바라보며 입가에 알 수 없는 미소를 띠었다.

"그렇군요. 순리라……. 그럼요. 모든 것은 하늘의 뜻이지 않겠습니까? 윤 교수님이 한국에 들어오신 것도, 이렇게 제가 윤 교수님을 만난 것도요."

"그게 그렇게 되는 겁니까?"

"암요. 순리를 따라야죠. 원래 연희재단은 윤 교수님의 것이었으니까요."

"하하하, 그게 무슨 소립니까? 연희가 어디 구멍가게입니까? 가지고 말고 하게요. 그거 제 거 아닙니다. 누나 것이지."

한상훈이 비밀리에 만나기로 한 남자. 그는 윤 이사장의 아들이자 윤미순의 남동생, 윤장현이었다.

일찌감치 미국으로 유학을 가 학위를 취득한 후, 일반외과 써전으로 근무하고 있었다.

"원래는 윤 교수님 것이었습니다. 지금 누님이 잠시 맡고 있고는 있지만."

"후후후, 우리 누나가 그렇게 어리숙한 사람으로 보이세요? 그랬다면 사람 아주 잘못 보셨습니다."

"아뇨. 잘 알고 있죠. 천하의 여장부시라는 걸요."

"여장부라……. 제가 옛날이야기 하나 해 드리죠."

"네, 하십시오."

"우리 누나 어릴 때부터 자기 물건에 손대는 걸 아주아주 싫어하는 사람이에요. 한번은 제가 누나 물건에 손댔다고 얼마나 두드려 맞았는지……. 아이고, 난 그때 누나가 내 친누나가 맞나 싶었다니까요. 자기 손안에 들어온 걸 놔 본 적이 없는 사람입니다, 우리 누나란 사람은."

윤장현이 진저리를 치며 고개를 내저었다.

"……."

꿀꺽, 말없이 마른침만 삼켜 넘기는 한상훈 과장이었다.

윤미순으로부터 아무런 관심을 받지 못하고 있는 한상훈 과장.

아니, 관심은 고사하고 김윤찬이 돌아오자 그에게 밀려 이제는 벼랑 끝까지 몰린 그였다.

더 이상 밀려서는 안 된다는 위기감이 음습했고, 이제는 죽든 살든 윤미순과 맞붙을 수밖에 없는 상황이었다.

천하의 여제 윤미순을 자기편으로 만들 수 없다면, 결국 싸워 없애 버리는 수밖에 없다고 생각했다.

그런 면에서 한상훈이 가질 수 있는 선택지는 오로지 하나.

병원 경영에 아무런 관심이 없던 윤장현을, 어떻게든 전선으로 끌어들이는 것이 유일한 살길이었다.

"잠시 맡고 있었다? 그거참, 재밌는 말이군요."

"제가 한 잔 올리겠습니다."

윤장현이 술병을 들어 따르려 하자, 한상훈 과장이 재빠르게 낚아챘다.

"영광이네요. 과장님이 직접 따라 주시는 술을 다 마시고."

"저야말로 영광입니다. 교수님의 국내 복귀를 진심으로 축하합니다."

"아이고, 전 아직 국내에 복귀할 생각이 없습니다. 아직 미국에서 할 일도 남아 있고요."

"알고 있습니다. 다만 연희병원이 처한 상황이 상황인지라, 하루속히 교수님이 복귀하시길 바라는 마음에 서둘렀습니다."

"후후후, 연희는 저 없어도 잘 돌아가지 않던가요?"

"아니죠. 누님은 의사가 아니지 않습니까?"

"음⋯⋯."

"비의사 출신이 병원을 경영하는 데는 분명 한계가 있는 실정입니다. 윤 교수님이 돌아오셔야 연희도 안정을 되찾을 겁니다. 상황이 심상치 않아요. 조속히 정리하시고 돌아오시길 학수고대하겠습니다."

"⋯⋯그래요?"

쭈욱, 윤장현 교수가 술잔을 들어 입에 갖다 대고는 천천히 그 맛을 음미했다.

"모든 준비는 제가 해 놓겠습니다. 그러니 하루라도 빨리 돌아와 주십시오."

"음, 그래요. 나도 너무 오랫동안 객지에서 살았나 봅니다. 향수병에 걸려서 요즘 사는 재미가 없어요. 조만간 연락드릴 테니, 그동안 과장님이 판이나 한번 제대로 깔아 놔 주십시오."

"네! 걱정 마십시오. 잘 준비해 두도록 하겠습니다."

"그래요. 그건 그렇고 오늘은 이런저런 귀찮은 얘기는 그만하도록 하고, 술이나 즐겁게 마셔 봅시다! 허구한 날 위스키만 입에 물고 살았더니, 소주가 그렇게 당기더군요?"

"하하하, 그러십니까? 그럼 식사 후에 제가 좀 더 좋은 곳으로 모시겠습니다!"

"그런 곳이 있습니까?"

"그럼요! 돈만 있으면 세상 제일 살기 좋은 곳이 대한민국이죠. 하늘의 별이라도 따 오라면 제가 돈으로 사다 드리겠습니다! 미국 별은 못 사도 한국 별은 살 수 있으니까요. 돈만 있으면 말입니다!"

"그렇습니까? 한상훈 과장님 돈이 많으신가 봅니다?"

"후후후, 이래 봬도 교수님 소주 한잔 사 드릴 여유는 있습니다."

"하하하, 좋습니다! 오랜만에 내 나라에서 한번 대차게 취해 봅시다."

하하하, 윤장현 교수와 한상훈이 파안대소하며 술잔을 들이켰다.

♥

조병천 원장 집무실.

"장현이 이 녀석은 어릴 때나 지금이나 버릇이 없어요. 한국에 들어온 거 뻔히 아는데, 누나한테 연락 한번 없는 걸 봐요?"

윤미순이 조병천에게 투덜거렸다.

"음, 그러게 말입니다. 저한테도 연락이 없더라고요."

"나도 쌩까는 인간이 당신이라고 알은척하겠어요? 병상에
계시는 아버지도 뵈러 오지 않는데?"

"음, 그나저나 처남은 무슨 생각으로 한국에 들어온 걸까
요? 미국으로 건너갈 때 다시는 한국에 안 돌아올 것 같더
니만."

"글쎄요. 단순히 휴양차 들어온 건지, 아니면 딴생각을 가
지고 있는 건지, 두고 보면 알겠죠?"

윤미순이 다리를 꼰 채, 자신의 턱을 문질거렸다.

"두고 보면 알아요? 어떻게 안다는 거죠?"

조병천 원장이 궁금한 듯 물었다.

"마음이 바뀌었다면 분명히 저한테 연락이 올 겁니다. 분
명히!"

"에이, 설마요? 처남이 당신이라면 아주 웬수……. 아니,
그게 아니라 당신하고 그렇게 사이가 틀어졌는데 연락하겠
어요?"

조병천 원장이 고개를 흔들며 단호한 표정을 지었다.

"그러니까 두고 보자는 거 아닙니까? 장현이 그 녀석이 어
릴 때도 항상 사고 치기 전엔 나를 찾아왔었거든요."

"당신을요?"

"그래요. 아무렇지 않은 듯이 찾아와 밥이나 사 달라, 술
사 달라 그러고 나서는 꼭 사고를 쳤거든요. 보란 듯이."

윤장현을 떠올리는 윤미순의 표정에 불안감이 스치고 지

나가는 듯했다.

언제나 당당했던 그녀답지 않게 말이다.

"그런 일이 있었군요?"

조병천이 고개를 끄덕였다.

"일종의 선전포고 같은 거였어요. 그렇게 사고를 치고 나면, 내가 그 뒤치다꺼리를 다 했죠. 이 녀석이 한국에 들어왔다는 것 자체가 괜히 찜찜해요."

"아이고, 그러면 아까 연락 없다고 말씀하신 건 괜히 하신 말씀이시군요?"

"뭐, 우리 두 남매가 정답게 앉아서 밥 먹을 사이는 아니잖아요? 조용히 있다가 미국으로 돌아가⋯⋯."

바로 그때였다.

따리리리.

윤미순의 전화가 요란하게 울렸고, 그녀가 불안한 표정으로 핸드폰을 꺼내 받았다.

─누나, 접니다.

불안한 예감은 틀리지 않는다고 했던가? 윤미순의 동생 윤장현의 전화였다.

"어? 자, 장현이구나? 미국이니?"

─에이, 천하의 윤미순 씨가 왜 그러실까? 나 한국에 온 거 다 알고 있잖아요?

"어? 지금 한국이라고?"

윤미순이 끝까지 모르는 척 시치미를 뗐다.

—하하하, 정말 몰랐수? 나 지금 한국이에요.

"그, 그래? 한국에 왔으면서 누나한테 연락도 없고, 어쩜 그럴 수가 있니?"

"처, 처남입니까?"

조병천 원장이 윤미순을 보며 입을 뻥긋거렸고, 그녀가 조용히 하라는 듯 검지를 자신의 입에 가져다 댔다.

—하하하하, 그래서 지금 전화했잖수? 거 오랜만에 한국에 왔는데, 누나도 안 보고 가려니까 영 기분이 찜찜해서 말이우.

"그, 그래. 당연하지."

—그러니 우리 식사나 같이합시다. 오랜만에?

"그래. 10년 만에 한국에 왔는데 이렇게 가면 서운하지. 지금 어디니?"

—아, 내일 오전 11시 비행기라 오늘까진 강남 칼츠호텔에 묵어요. 이쪽으로 나오실라우? 아니면, 내가 그쪽으로 갈까?

"아냐, 아냐. 내가 그쪽으로 가마. 이쪽은 차도 막히고 먹을 만한 곳도 마땅치가 않아."

—에이, 좀 섭섭하네? 서울에 먹을 데가 강남만 있는 건 아니잖수? 이거 왠지 병원 근처에는 얼씬도 하지 말라는 소리로 들리네?

"얘가 삐딱한 건 예전이나 지금이나 똑같네. 그런 말이 어딨어? 병원이야 언제든지 오고 싶으면 오는 거지."

─크크큭, 농담이에요 농담! 뭘 그런 걸 가지고 그렇게 발끈하십니까? 좋아요. 기다릴 테니까 이쪽으로 나오세요. 오늘 오랜만에 가족 간에 회포나 풀어 봅시다!

"알았다. 바로 준비하고 나가마."

─네네, 있다 봅시다!

"그래."

"처남이 보자고 합니까?"

옆에서 귀를 쫑긋 세우며 전화 내용을 엿듣던 조병천이 바짝 다가와 앉았다.

"……."

말없이 고개만 끄덕이는 윤미순. 그녀의 표정이 심상치 않았다.

"여보! 얼굴이 왜 그래요? 속이 또 쓰리나요?? 위장약 드려요?"

"아, 아니요. 괜찮아요. 저는 장현이한테 가 봐야 할 것 같으니까, 오늘 저녁 식사 약속은 다음 주쯤으로 미뤄 줘요. 괜찮죠?"

"아, 그건 좀 그런데……. 전에 한 번 미뤘던 식사 자리라……."

조병천 원장이 난감한 듯 고개를 갸웃거렸다.

"그냥 연기해요. 나 오늘 장현이 만나야 하니까."

윤미순의 표정은 완전히 굳어 있었다.

"하아, 곤란한데? 그게 지난번에도 우리가 먼저……."

"그냥 연기하라면 연기해욧! 정 그러면 혼자라도 가든가!!"

윤미순이 더 이상 못 참겠다는 듯이 벌떡 일어나 소리쳤다.

"아, 알았습니다. 연기할게요. 연기하면 되잖아요."

"남편분! 제발 부탁인데, 상황 파악 좀 하세요. 지금 내가 한가하게 당신 친구들이나 만날 상황이에요? 네?"

"아, 예 예. 그럼요, 당연히 그러셔야죠. 그럼 얼른 다녀오세요."

"네. 아무튼 오늘은 보기 힘드니까, 나중에 내가 다시 한번 자리 마련한다고 전해 줘요. 저 먼저 갑니다."

'이 새끼, 한국에 왔으면 그냥 조용히 있다 갈 것이지. 왜 나한테 전화하고 지랄이야, 지랄이?'

쾅, 윤미순이 거칠게 문을 열고 밖으로 나갔다.

그렇게 윤장현은 선전포고를 했고, 윤미순이 이를 받아들이게 되었다.

결국 연희병원에 전선이 형성되게 된 것. 언젠가는 싸워서 꺾어야만 할 상태.

죽거나 혹은 살거나.

윤미순과 김윤찬.

윤장현과 한상훈.

이들 간에 피 말리는 전쟁의 서막이 열리는 듯했다.

시작부터 위기다

강남 칼츠호텔.

윤장현이 이미 고급 레스토랑에 예약해 음식을 주문해 놓고 있었다.

"누나!"

윤미순의 모습이 보이자 윤장현이 손을 흔들었다.

"어, 왔니?"

"이야! 이거 얼마 만에 남매 상봉이에요? 누나는 하나도 안 늙었네? 오히려 더 젊어진 것 같은데요?"

윤장현이 호들갑을 떨었다.

"그래. 넌 많이 늙었구나. 어릴 땐 제법 봐 줄만 하더니, 10년 사이에 폭삭 삭았어? 무슨 일이 있었던 거니?"

"하하하, 그래요? 중후하지 않아요? 나름 곱게 늙었다고 생각했는데, 아닌가?"

"글쎄다."

"에이 참! 오랜만에 보는 하나밖에 없는 동생한테 너무 퍽퍽한 거 아닙니까?"

윤장현이 입을 삐죽거리며 눈치를 줬다.

"그러게. 오랜만에 만난 동생인데, 그다지 반갑지는 않구나."

"하하하, 하여간 우리 누나 까칠한 건 알아줘야 한다니까? 음, 그건 그렇고 배가 너무 고파서 음식 주문했는데, 스테이크 괜찮죠? 누나 좋아하잖아?"

"아무거나 먹자꾸나."

"좋습니다! 간만에 남매간에 회포나 풀어 봅시다."

"글쎄다. 나보다는 아버지 먼저 뵙는 게 순서 아니니?"

"큭큭큭, 아버지야 누나가 어련히 잘 모실까? 뭐, 아버지는 여전히 강건하시죠?"

"빨리도 물어보는구나. 그래, 많이 좋아지셨다."

윤미순이 불편한 듯, 퉁명스럽게 쏘아붙였다.

"그럼 됐네. 굳이 안 찾아뵈어도."

"……."

"그건 그렇고, 매형은 여전하시죠?"

"그래. 잘 지내고 있어."

"하여간 우리 매형도 출세했네. 누나 덕에 병원 원장 자리도 앉아 보고."

"나 때문이 아니야. 그만한 능력이 되니까 앉아 있는 거지."

"그런가? 내가 보기엔 아닌 것 같은데?"

윤장현이 빈정거리며 고개를 갸웃거렸다.

"얼굴 붉히고 싶어서 보자고 했니?"

"아, 아니! 미안! 그런 의도는 전혀 아니고, 뭐. 옛날부터 매형이 좀 어리바리한 면이 있었던 건 사실이잖수."

"음, 적어도 너처럼 무책임하진 않았지."

"하하하, 하여간 누나는 진짜 하나도 안 변했네. 누나 말투 들으니까 진짜 내가 한국에 온 기분이 들어. 그리웠다니까, 누나의 그 톡톡 쏘는 말투가?"

"쓸데없는 얘기로 낭비할 시간 없다. 저녁에 약속 있으니까, 빨리 본론으로 들어가는 게 어때?"

"에이, 무슨 그런 섭섭한 말씀을? 저 불순한 맘으로 누나 보자고 한 거 아니에요. 그러니까 괜한 오해 하지 말고, 식사나 하면서 세상 돌아가는 얘기나 좀 합시다."

"그러자꾸나."

윤미순이 떨떠름한 표정으로 무심하게 말했다.

잠시 후, 음식이 나오자 윤장현이 게걸스럽게 먹기 시작했다. 윤미순은 그 모습을 물끄러미 바라볼 뿐, 고기 한 점 입에 넣지 않았다.

"와, 진짜! 누나 그때 기억나요? 그거 있잖아. 누나 명품 가방!"

"……."

"그거 내가 몰래 훔쳐다가 여친 줬다가 진짜 누나한테 비 오는 날 먼지 나게 맞았잖수! 진짜, 그때 난 누나가 친누나가 아닌 줄 알았다니까?"

주절주절 어린 시절을 들먹이며 쓸데없는 얘기를 꺼내며 박장대소하는 윤장현. 그런 윤장현의 수다에 윤미순은 한마디 대꾸도 하지 않았다.

"더 할 얘기 없으면, 일어나도 되겠니?"

그렇게 거의 한 시간 동안 윤장현의 수다를 듣던 윤미순이 마침내 입을 열었다.

"아, 진짜! 되게 섭섭하네? 오랜만에 만났는데, 위스키라도 한잔해야지?"

윤장현이 섭섭한 듯 입을 삐죽거렸다.

"너랑 나랑 살갑게 마주 앉아서 술 마실 사이는 아니잖니?"

"에이, 진짜 너무 전투적이다! 난 그냥 오랜만에 누나 만나서 좋아서 그러는 건데."

"그래? 미안해서 어쩌지? 난 솔직히 너랑 이렇게 마주 앉아 있는 것 자체만으로 속이 거북한데?"

"하하하, 하여간 진짜 우리 누나 솔직한 건 알아줘야 한다니까? 그래요. 바쁜 일이 있는가 본데, 먼저 일어나시려면 일어나세요. 전 여기서 한잔 더 하고 갈게요. 한동안 술을 안 마셨더니, 아주 꿀맛이네요."

"그래, 그렇게 하려무나."

"큭큭큭, 정말 그냥 이렇게 가게?"

"내가 언제 너한테 농담한 적 있었니? 특별히 할 얘기는 없는 거지?"

"뭐, 네. 진짜라니까? 그냥 누나 얼굴 한번 보고 싶었다니깐요?"

"후후후, 그래. 고맙네. 그러면 나 중요한 약속이 있어서 먼저 일어날게!"

윤미순이 옆에 있던 가방을 챙기고는 자리에서 일어났다.

"섭섭하네. 오랜만에 만났는데."

"그래. 나도 좀 아쉽구나. 내일 미국 잘 돌아가도록 해."

"알았수. 바쁘다는데 어쩔 수 없죠. 음식값하고 술값은 누나한테 부탁 좀 합시다? 누나 돈 많잖아요?"

"그래. 양껏 먹어라. 이 카드 써. 다 쓴 후에 프론트에 맡겨 놓든가 아니면 그냥 버리든가."

딸각, 윤미순이 가방을 열고 카드 한 장을 꺼내 테이블 위에 올려놨다.

"역쉬! 우리 누나 통 큰 건 알아줘야 한다니까? 이따 저녁에 오랜만에 동창들 만나는데, 이거 써도 돼요?"

윤장현이 카드를 들어 올리며 물었다.

"맘대로 하세요. 내일 중요한 회의가 있어서 공항에는 못 나갈 것 같아. 조심히 잘 들어가라."

"왜요? 미국 안 들어가고 한국에 눌러앉을까 봐 겁나요?"

웃고 있지만, 그의 눈빛은 날카로웠다.

"눌러앉든가 말든가."

"하하하, 배포 하나는 장난 없다니까? 하여간 우리 누나 여장부인 건 인정!"

윤장현이 윤미순을 향해 엄지를 추켜올렸다.

"……."

10년 만에 만난 두 사람은 서먹서먹한 기운만 남긴 채, 한 시간 만에 작별을 고해야 했다.

그렇게 가방을 들고 윤미순이 레스토랑을 빠져나갈 즈음이었다.

"누나! 나 솔직히 고백 하나 할 거 있는데, 말해도 돼요?"

윤장현이 가려던 윤미순의 등 뒤에 대고 물었다.

"……."

그러자 윤미순이 발걸음을 멈췄다.

"있잖아요, 아까 말했던 누나 명품 가방!"

"……."

"그거 사실은 여자 친구 준 거 아니에요."

"……."

그제야 윤미순이 돌아서서 말없이 윤장현을 응시했다.

"사실, 그거 가위로 난도질해서 쓰레기통에 버렸어요."

"뭐라고?"

당황한 윤미순이 윤장현을 노려봤다.

"그거 사실 내 거였잖아? 그런데 누나가 아버지한테 나 중간고사 땡친 거 일러서 그렇게 된 거 아냐? 그러니까 원래는 내 거였다고."

"그, 그건……. 그런 게 아니라 뭔가 오해가 있나 본데……."

윤미순의 표정에 당황한 기색이 역력했다.

"괜찮아요. 신경 쓰지 마. 나 이제부터 내 거 누나한테 안 뺏길 생각인데, 이제 나이도 좀 먹고 했으니 그래도 되겠지?"

또르르, 윤장현이 와인 잔에 와인을 따라 단숨에 마셔 버렸다.

"어? 어어, 그래. 네 몫이라면 당연히 그래야지."

"오케이! 난 분명히 누나한테 허락받았어요? 최대한 빠른 시간 안에 정리하고 나올 테니까, 다시 봅시다? 그때는 제가 밥 살게요. 오늘 밥 잘 먹었어요."

"그래. 그럼 즐거운 시간 보내도록 해. 나 바빠서 먼저 갈게."

휘청. 최대한 중심을 잡아 보려고 노력했지만, 그럼에도 불구하고 발이 풀린 듯, 미세하게 흔들리는 윤미순이었다.

만만치 않은 상대 윤장현.

천하를 자신의 손안에 넣으려는 윤미순 앞에 만만치 않은 상대가 나타나는 순간이었다.

한상훈 과장실.

한상훈이 진순남의 흉부외과 지원 문제를 놓고 김윤찬을 자신의 집무실로 호출했다.

"진순남 선생을 받겠다고?"

한상훈 과장이 똥 씹은 얼굴로 김윤찬을 노려봤다.

"그렇습니다. 무슨 문제라도 있습니까?"

"문제라……. 당연히 있죠. 진순남 이 친구, 소매치기 출신이라면서?"

한상훈이 신경질적으로 진순남의 서류 뭉치를 뒤적였다.

김윤찬이 곤경에 빠질 수만 있다면 지옥 불이라도 마다하지 않을 인간. 사사건건 김윤찬과 연관된 사람들의 뒤를 캐고 다녔다.

그리고 결국 김윤찬이 교도소 의무관 시절, 진순남과 친분을 맺었던 사실까지 알아내고야 말았다.

"그런데요?"

김윤찬 역시, 이미 그것을 예측하고 있었기에 크게 당황한 눈치는 아니었다.

　　"뭐? '그런데요.'라니? 김 교수, 지금 제정신이야? 그런 소매치기를 우리 과에 받아들이자고? 과 망신시킬 일 있습니까?"

　　"소매치기라는 모욕적인 말은 하지 말아 주십시오. 진순남 선생은 지금 의사입니다."

　　"뭐 천성이 어디 가겠어? 아무튼, 난 진순남 선생을 우리 과에 받아들일 수 없으니까 그렇게 아십시오."

　　"받아들일 수 없는 정당한 사유를 말씀해 보십시오. 과장님의 말씀이 타당하다면, 제가 먼저 나서서 조치를 취하도록 하겠습니다."

　　"하아, 지금까지 내가 전부 말하지 않았습니까? 진순남 선생은 소매치기잖아요! 우리 과를 넘어 학교 전체의 명예에 해가 될 사람이란 말입니다. 진순남 선생이 소매치기 출신이란 걸 환자들이 알기라도 하면 어쩌려고 그래요? 절대 불가입니다. 안 돼요, 안 돼!"

　　"교수님만 아무 말씀 안 하시면 환자들이 알 일은 없겠죠."

　　"뭐라고요?"

　　"이미 모든 죗값을 치르고, 새 삶을 살고자 하는 한 청년에게 이렇게 비수를 꽂아야 하겠습니까?"

"새 삶이고 나발이고, 진순남은 절대 불가입니다. 말세야. 말세! 어떻게 우리 병원에 저런 인간이 기어들어 와? 소매치기가 말이 돼?"

탁, 한상훈 과장이 파일철을 거칠게 닫아 버렸다.

"과장님의 말씀은 설득이 되지 않는군요. 진순남 선생은 우리 병원 의사 채용 기준에 결격사유가 없습니다. 현 의료법 제8조에는 결격사유로 첫 번째 마약 · 대마 · 향정신성의약품 중독자이거나, 금치산자 · 한정치산자, 의료 관련 법률을 위반한 경우에만 의사 자격을 제한하도록 되어 있습니다."

"그거야…… 그냥 법률적인 거고, 아무튼 그런 아이가 우리 과에 들어오면 분위기를 해칠 가능성이 농후합니다. 기존의 의료진과 위화감도 생길 거고, 여러모로 받는 것보다 안 받는 것이 낫다는 게 내 판단입니다. 그러니까 괜한 짓 하지 말고, 내 말대로 하세요."

한상훈 과장이 고압적인 자세로 김윤찬을 찍어 누르려 했다.

"아무리 과장님의 지시라 해도 부당한 지시에는 따를 수 없습니다. 원리 원칙대로 전, 진순남 선생을 우리 과 수련의로 받을 생각입니다."

"하아, 계속 이런 식으로 나오면 곤란한데?"

"학부 성적 우수하고 인턴 고과 최고 점수를 받은 진순남 선생을 받지 않는 것이 더 곤란할 것 같습니다."

"뭐라고요?"

"지금 가뜩이나 흉부외과에 지원하는 인턴들이 씨가 말랐는데, 진순남 선생을 받지 않는다는 게 더 문제 아니냔 말입니다."

"지금 제 말을 거역하겠다는 겁니까?"

"말씀드리지 않았습니까? 제가 납득할 만한 사유가 아니라고요!"

"뭡니까? 항명이라도 하겠다는 건가요?"

한상훈 과장이 김윤찬을 매섭게 노려봤다.

"항명이 아니죠. 원칙대로 하겠다는 겁니다."

"내가 우리 과의 수장입니다!"

"전 우리 과의 수련의 인사권을 가지고 있습니다!"

단 반보도 물러설 생각이 없는 김윤찬이었다.

"하아, 진짜 이런 식으로 나올 겁니까? 아주 우리 과를 개차반으로 만들 생각이에요? 만약에 진순남을 받아들이면, 당신 또한 책임을 면키 어려울 겁니다."

한상훈 과장이 협박조로 김윤찬을 압박했다.

"제가 져야 할 책임이 있다면 지겠습니다. 다만, 진순남 선생이 우리 과 수련의가 되는 데 아무런 하자가 없다는 것만 명확하게 밝히고 싶군요."

"음…… 좋습니다. 정 그렇다면 이렇게 합시다."

"뭘 말씀입니까?"

"실력! 실력으로 확인해 봅시다. 진순남이 우리 과에 들어올 자격이 되는지 안 되는지."

"테스트를 해 보겠다는 겁니까?"

"그래요. 우리 병원이 어디 듣보잡 병원도 아니고, 연희대 흉부외과에 들어오려면 그만한 능력을 갖췄는지 확인해 봐야 하지 않겠습니까?"

"음, 이미 학부 성적과 인턴 고과가 이를 증명하고 있지 않습니까?"

"아니죠. 지잡대 출신 학부 성적이야 의미 없고, 인턴 고과 역시 형식적인 것 아닙니까? 실질적으로 진순남이 능력이 되는지 안 되는지 직접 확인해 보자는 겁니다."

답정너.

한상훈은 이미 차선책까지 준비해 둔 모양이었다.

"어떻게 테스트해 보겠다는 겁니까?"

"음....... 분명 진순남은 여러모로 문제가 있는 것 아닙니까? 김윤찬 교수처럼 우리 학교 출신도 아니고, 게다가 어두운 과거도 있으니, 최소한 이를 만회하려면 인턴 이상의 실력을 갖추고 있다는 것을 보여 줘야 나도 그 친구를 받아들일 명분이 있지 않겠어요?"

인턴이 감당하기 힘든 고난도 테스를 통해, 김윤찬과 진순남이 명분을 갖지 못하게 하려는 한상훈의 의도였으리라.

"아직 인턴입니다."

"뭐, 그건 진순남의 사정이고 난 테스트를 좀 해 봤으면 좋겠는데요? 싫다면 어쩔 수 없이 교수회에 회부해야 할 것 같군요?"

한상훈 과장이 김윤찬을 보며 입가에 비릿한 미소를 띠었다.

"좋습니다. 그렇게 하죠. 다만 테스트 범위를 정해 주십시오."

"아뇨, 아뇨. 블라인드 테스트입니다. 적어도 대연희병원 흉부외과 식구가 되려면 그 정도는 커버해야 하는 것 아닙니까?"

이제 갓 인턴에게 흉부외과 전 영역을 대상으로 블라인드 테스트라니!

이건 아예 진순남을 떨어뜨리겠다는 의도였다.

"네, 그렇게 하겠습니다."

"오호! 좋습니다. 그러면 블라인드 테스트에서 떨어지면, 군소리 없는 겁니다?"

"네. 그렇게 하죠. 반대로 진순남 선생이 테스트에 합격하면, 두 번 다시 진순남 선생의 과거를 들추는 일은 없는 겁니다. 약속해 주십시오."

"그거야 당연하지. 약속은 지키라고 있는 거니까."

한상훈 과장이 팔짱을 낀 채, 고개를 끄덕였다.

김윤찬 교수실.

한상훈 과장과 얘기를 마친 김윤찬은, 다음 날 진순남을 자신의 연구실로 불렀다.

"음, 예상했던 일입니다. 저 역시 제 과거를 숨기고 싶은 마음은 눈곱만큼도 없었어요."

김윤찬이 진순남에게 자신과 한상훈 과장 사이에 오간 얘기를 전해 줬다.

"순남아, 진짜 괜찮겠니?"

김윤찬이 안쓰러운 표정으로 진순남을 응시했다.

"그럼요! 어차피 이런 식이 아니더라도 소문은 나기 마련이니까요. 그런 게 두려웠으면 애초에 의사가 되려고 하지도 않았습니다!"

생각 이상으로 씩씩한 진순남이었다.

"꽤 어려운 테스트가 될 거야. 결과가 안 좋을 수도 있고."

여전히 모든 것이 걱정인 김윤찬이었다.

"상관없어요. 그것도 제 운명이라면 받아들이는 수밖에요. 전 잃을 게 없어요. 그리고 어두운 과거라고 해도, 모두 제가 감내해야 할 일입니다."

"우리 순남이 기특하구나!"

어느새 김윤찬의 눈두덩이가 붉게 물들어 있었다.

"산전수전, 공중전 다 겪었고, 죽을 고비도 수도 없이 넘었어요. 이 정도는 아무것도 아닙니다."

"그래. 한번 해 보자. 내가 도와줄게."

"아뇨! 이왕 시작한 거, 정정당당하게 붙어 보고 싶어요. 저, 애초에 흉부외과 써전이 목표여서 학부 때부터 그쪽만 팠거든요! 엔간한 레지던트 선생님하고 붙어도 이길 자신 있습니다! 저 혼자 힘으로 한번 해 볼게요."

진순남이 다부진 표정으로 두 주먹을 불끈 쥐었다.

"대견하다, 우리 순남이! 음, 그건 그렇고 오늘이 할머니 기일 아니니?"

"네? 교수님이 그걸 어떻게 아셨어요?"

"인마! 사랑하는 제자 일을 내가 어떻게 모르겠어? 음, 일단 오전 회진 돌고 나면 조금 한가하니까, 나랑 같이 할머니 묘소에 가 보자. 뭐, 과일이랑 떡이랑 몇 가지는 준비해 뒀다."

"교수님! 무슨 음식을 손수 마련하셨어요?"

감동했는지 진순남이 눈물을 글썽거렸다.

"아니, 아니. 내가 무슨 음식을 할 줄 알겠니? 솔직히 말하면 직접 만든 건 아니고, 시장에 샀어. 그러니까 괜히 그렇게 감동 먹을 것까진 없어."

김윤찬이 난감한 듯 뒷머리를 긁적거렸다.

"교수님!"

훌쩍훌쩍, 결국 진순남이 눈물을 떨어뜨리고 말았다.

"뚝! 하여간 사내놈이 그렇게 눈물이 많아서 어떡하니? 아무튼, 준비 잘해라. 이번 기회에 네가 얼마나 특별한 사람인지 모든 사람 앞에서 증명해!"

"네! 교수님 얼굴에 먹칠하는 일은 결코 없을 겁니다! 저, 자신 있어요."

"그래, 알았다. 그러면 이만 나가 봐. 이따가 내가 전화하마."

"네, 교수님!"

잠시 후.

띠리리리.

진순남이 밖으로 나가자 김윤찬이 장영은에게 전화를 걸었다.

"영은 선생이 진순남 선생 좀 도와줘요. 말은 그렇게 했지만, 결코 쉽지 않을 거야."

이미 장영은과는 말을 맞춰 둔 모양이었다.

―네, 교수님! 너무 걱정하지 마세요. 순남이 생각보다 의학적 지식의 깊이가 깊어요! 충분히 해낼 겁니다.

"그래요. 영은 선생이 옆에 있으니까 조금은 안심이 됩니다."

김윤찬이 입가에 희미한 미소를 띠었다.

진순남의 실력은 학부 성적과 인턴 고과로 충분히 설명이될 수 있는 부분이었기에, 김윤찬 입장에서도 한상훈 과장의제안을 충분히 거절할 수 있었다. 하지만 한상훈 과장의 입이 문제였다.

수많은 상처를 입고 힘들었던 진순남에게 더 이상의 시련을 안겨 주고 싶지 않았지만.

실력을 확인하겠다며 던진 한상훈 과장의 패는 받지 않을수 없는 패였다.

그만큼 김윤찬은 진순남을 아꼈고, 진순남 역시 이를 피하지 않았다.

그렇게 모든 것이 결정되자 장영은이 발 벗고 나섰고, 그녀는 과외 선생을 자처하며 진순남을 도왔다.

흉부외과 소회의실.

"순남아, 공부하는 건 잘돼?"

어느새 친해진 장영은과 진순남, 누나 동생 하는 사이로발전해 있었다.

"아뇨. 시간이 많이 나질 않아서 공부는 많이 못 했어요."

"그래? 걱정이네. 아무튼 내가 도와줄 테니까 최선을 다해보자."

"네, 선배님!"

"그러면 지금부터 TGA(대혈관 자리 바뀜증)에 대해서 좀 살펴보자. 기본적인 개념은 알고 있을 것 같은데, 설명을 좀 해볼래?"

장영은이 부드럽게 진순남에게 물었다.

"음, 그러면 말씀드릴까요?"

"그래. 네가 아는 선까지만 설명해 봐. 나머지 부족한 부분은 내가 부연 설명 해 줄 테니까."

"네, 선배님! 그럼 말씀드릴게요. 일단 전체적인 개론부터 시작해서 증세 그리고 진단의 순으로 설명해 볼게요. 대혈관 자리 바뀜증이란 이름에서 알 수 있듯이 펄머너리 아떼리(폐동맥)와 아올타(대동맥)의 위치가 뒤바뀐 형태로……."

개론부터 증세, 그리고 진단에 이르기까지 완벽한 설명이었다.

"와……."

진순남의 설명을 들은 장영은이 감탄사만 연발할 뿐, 입을 벌린 채 아무 말도 하지 못했다.

"선배님, 제 설명이 맞나요?"

진순남이 자신만만한 표정으로 장영은을 응시했다.

"어? 어어. 맞긴 한데, 너무 맞는데? 나 만나기 전에 공부한 거야? 이거 물어볼 줄 알고?"

"아뇨. 제가 그 정도로 찍기를 잘했으면, 연희의대에 합격

했겠죠? 틈틈이 시간 나는 대로 공부했어요."

혜혜혜, 진순남이 해맑은 표정으로 고개를 내저었다.

"그래? 아무튼 정말 대단하다, 너! 좋아, 그러면 내가 질문 하나만 더 해 볼게!"

"네, 얼마든지요."

진순남이 자신만만한 표정을 지으며 고개를 끄덕였다.

"그 TGA의 대표적인 증세가 뭐지?"

"네, 청색증이요."

"좋아, 그러면 청색증이 생기는 이유가 뭘까?"

"네! 제가 아는 한도 내에서 말씀드릴게요. 정상적이라면 좌심실은 아올타와 연결되어 있고 우심실은 펄머너리 아떼 리랑 연결되어 있는데, 이게 완전히 뒤바뀌어 있다 보니, 좌 심실로 들어온 혈액이 대동맥을 통해 온몸으로 돌아야 하는 데 그렇지 못하고 폐로 다시 들어가게 돼요. 그러니 산소 공 급이 원활하지 못하게 되고요. 반대로 온몸을 돌고 온 피가 폐로 가서 신선한 혈액을 받아 와야 하는데, 다시 전신으로 나가게 되죠. 그래서 산소 부족 현상이 생기는 겁니다."

진순남이 조금의 주저함도 없이 완벽하게 장영은의 질문 에 답을 했다.

"호호호, 미치겠네? 완벽하다, 얘!"

장영은이 대견하다는 듯이 진순남의 머리를 쓰담쓰담 해 주었다.

"헤헤헤, 감사합니다. 제 답이 맞긴 한 건가요?"

"그럼, 그럼! 100% 완벽한 답이야."

"감사합니다!"

"좋아! 그러면 하나만 더 물어볼게?"

"네! 뭐든 여쭤보세요!"

"팔로사징에 대해서 설명해 볼래?"

"네! 우심실 위쪽 동맥 원추의 발육에 이상이 생겨, 펄머너리 아떼리(폐동맥) 협착으로 인해……."

진순남이 좀 전과 마찬가지로 거침없이 팔로사징에 대한 설명을 줄줄줄 읊어 댔다.

"조, 좋아! 그러면 엡스타인 기형은?"

이제는 오히려 질문하는 장영은의 표정이 더 긴장된 듯 보였다.

"네네, 그거도 조금 알아요! 엡스타인 기형이란, 라이트 에이트리오벤트리큘러 벨브(삼첨판막)의 기형으로 인해 우심실의 기능이 떨어지게 되는 것으로……."

말 그대로 거침없는 대답이었다. 이번 질문에도 진순남이 완벽한 답을 내놓았다.

짝짝짝!

"와우! 완벽해!"

장영은이 자신의 주먹을 삼킬 듯, 벌어진 입 속으로 집어넣으려 했다.

"헤헤헤, 제가 제대로 알고 있는 건가요, 선배님?"

"후우, 물론이지. 이 정도면 나보다 훨씬 나아. 내가 너한테 뭘 가르친다고 여기 앉아 있는 거니?"

"에이, 그 정도는 아니에요."

진순남이 얼굴을 붉히며 고개를 내저었다.

"아냐! 진짜, 선천성심장병만 놓고 보면, 이론적으로는 김윤찬 교수님하고 붙어도……."

"붙으면? 뭐? 뭐? 내가 진다고?"

그 순간 김윤찬이 문을 열고 안으로 들어왔다. 양손에 간식이 담긴 비닐봉지를 잔뜩 들고 말이다.

"앗! 교수님! 언제 오셨어요?"

깜짝 놀란 두 사람이 자리에서 벌떡 일어났다.

"늦은 시간에 어떤 놈들이 회의실에서 작당 모의를 하나 했더니, 너희였구나."

"앗! 그러면 계속 계셨던 거예요?"

장영은이 물었다.

"뭐, 그런 건 아니고. 하도 열심히 하길래 잠깐 지켜보고 있었어. 우리 진순남 선생, 보통이 아니던데? 진짜 나랑 일대일 맞짱을 떠도 만만치 않겠어?"

김윤찬이 사랑스러운 눈빛으로 진순남을 쳐다봤다.

"아뇨, 아뇨. 교수님! 그런 말씀 마세요! 아직 모자라도 한참 모자랍니다."

"후후후, 당연히 그래야지. 이제 갓 인턴인 놈이 10년 넘게 칼밥 먹은 나보다 나으면 되냐? 그건 완전 반칙이지."

"호호호, 그럼요! 저도 솔직히 좀 쫄렸거든요! 진 선생, 실력이 보통이 아닌 것 같아요."

장영은이 진순남을 보며 엄지 척을 했다.

"그러게. 이 정도면 테스트는 거뜬히 통과하겠는걸?"

"맞습니다! 그나저나 손에 들고 계신 건 뭡니까?"

장영은이 힐끗거리며 턱짓으로 김윤찬이 들고 있는 비닐봉지를 가리켰다.

"옜다! 햄버거랑 음료수, 치킨 기타 등등이다. 누가 길거리에 버렸는지, 얼른 주워 왔다."

김윤찬이 장영은에게 들고 있던 봉투를 전달했다.

"와! 진짜 지금 완전 배고팠는데! 햄버거에 치킨이라니!"

진순남이 환장하며 좋아라 했다.

"하아, 순남이 너나 많이 먹어라. 난 지금 다이어트 중이라."

장영은이 진순남에게 음식 봉투를 전달했다.

"와! 선배님이 어디 뺄 데가 있다고 그런 말을 하세요?? 다이어트는 무슨?"

진순남이 양손을 내저었다.

"그러게? 장영은 선생이 얼마나 날씬한데, 무슨 살을 빼?"

그리고 김윤찬이 거들었다.

"어휴, 아니에요. 이 가운 때문에 그렇지, 제가 안 보이는데 얼마나 살이 많은데요? 전 못 먹습니다!"

장영은이 손바닥을 내보이며 단호하게 거절했다.

"이봐, 장 선생! 맛있으면 0칼로리인 것도 몰라?"

김윤찬이 치킨 박스를 들어 올려 냄새를 피우며 장영은을 자극했다.

"흠흠, 진짜 확실한가요?"

"그럼, 그럼! 그거 국룰이야. 그치, 순남아?"

"그럼요! 완전 국룰 오브 국룰이죠. 과학적으로 증명되었을걸요! 누구더라, 그 교수 이름이?"

"마르첼 교수! 영국 옥스퍼드대학교 식품영양학과 교수!"

말하지 않아도 알아~.

진순남 김윤찬 둘은 죽이 척척 잘 맞았다.

"두 분 다 확실한 겁니까?"

장영은이 양손을 허리에 놓은 채 두 사람을 번갈아 쳐다봤다.

"그럼, 그럼."

"네!"

"그렇다면…… 좋습니다! 오늘만 먹는 걸로 할게요!"

'아이고, 반갑다! 치킨아! 너 본 지 오래됐구나! 당연히 콜라는 챙겨 오셨죠?'

번개같이 진순남이 들고 있는 음식 봉투를 낚아채는 장영은이었다.

♥

　테스트 전날, 장영은이 진순남한테 전화를 걸었다.

　"순남아, 지금까지 잘해 왔으니까, 끝까지 최선을 다하자."

　－네. 너무 걱정 마세요. 선배님 덕분에 많이 늘었어요. 잘해낼 자신 있습니다.

　수화기를 타고 나오는 진순남의 목소리에 자신감이 묻어났다.

　"물론이지. 솔직히 이론적으로만 놓고 보면, 나보다 네 실력이 나아. 잘해 보자. 우리 챙겨 주시는 김윤찬 교수님을 위해서라도."

　－그럼요! 저 김윤찬 교수님 안 계셨더라면, 지금도 여전히 명동 바닥을 헤매고 돌아다녔을 거예요. 저한테 새로운 삶을 살 수 있는 기회를 주신 교수님께 절대로 실망을 안겨드리지 않겠습니다.

　"그래, 우리 순남이 장하다. 그러면 푹 자고 내일 보자. 내일 오전 9시가 테스트 시간인 거 알지?"

　－그럼요! 당연하죠. 혹시 까먹을까 봐 달력이랑 컴퓨터랑 핸드폰에 다 저장해 뒀어요. 내일 봬요. 선배님! 그동안 정말

감사했습니다! 선배님의 은혜는 절대로 잊지 않을게요.

"당근이지. 너 우리 과 들어오면 두고두고 벗겨 먹을 거야. 그러니까 각오해라."

ㅡ알았어요. 혹시 명동 가셔서 길가다 힝잡이한테 걸리면, 저한테 바로 연락하세요. 제가 그쪽은 꽉 잡고 있으니까요.

"힝잡이? 그게 뭔데?"

ㅡ아, 힝잡이라고 하면 모르시겠구나. 우린 소매치기라고 안 해요. 힝잡이나 꽃잡이 또는 싱잡이라고 불러요. 보통 주머니에 돈이 두둑한 사람을 보면 '힝 실렸다.'라고 하죠.

"야! 지금 그걸 말이라고 해?"

ㅡ농담이에요, 농담!

"너, 다시는 그런 말 하지 마! 그랬다간 죽어, 아주?"

ㅡ네네, 알았어요. 저보다 선배님이 더 긴장하신 것 같아서요. 긴장 좀 풀어 드리려고 그랬어요.

헤헤헤, 진순남이 해맑게 웃었다.

♥

다음 날, 흉부외과 컨퍼런스 룸.

약속한 대로 진순남의 실력을 테스트하는 날이 돌아왔다.

한상훈 과장을 비롯해 한상훈 라인을 타고 있는 몇몇 조교수 그리고 김윤찬, 장영은 그 외 몇몇 레지던트가 컨퍼런스 룸으로 하나둘씩 모여들었다.

"뭡니까? 김윤찬 교수님! 테스트를 받은 사람이 먼저 와서 대기하고 있어야 하는 것 아닙니까?"

하지만 정적 테스트를 받을 진순남의 모습은 보이지 않았다.

"아직 테스트까진 20여 분이 남았습니다."

"그렇습니까? 하지만 이건 좀 예의에 어긋나는 일 아닌가요? 고작 인턴이 하늘 같은 교수들을 기다리게 해서야 되겠습니까?"

"그러니까요. 고작 인턴의 테스트에 고매하신 교수님들이 이렇게 왜 계시는 것도 참 우스꽝스럽습니다. 전, 오늘 대한 심장혈관 흉부외과 학회에 온 줄 알았습니다?"

후후훗, 김윤찬이 이동출, 박광정 등 한상훈 라인의 조교수들을 둘러보며 헛웃음을 지었다.

흠흠흠, 그러자 교수들이 헛기침하며 계면쩍은 표정을 지었다.

"그거야 뭐. 김윤찬 교수가 워낙 진순남 선생을 칭찬해서 얼마나 능력이 있는지 확인하고 싶어서지 않겠습니까? 김 교수 이래로 간만에 천재 인턴을 맞이하는데, 이 정도 성의는 보여야죠."

한상훈 과장이 빈정거리는 투로 말했다.

"네네. 다들 바쁘실 텐데 이렇게 왕림해 주시다니, 감개무

량하군요. 우리 과 교수님들의 제자 사랑이 이토록 깊은 줄은 몰랐습니다."

"후후후, 뭐 제자가 될지 안 될지는 두고 보면 알겠죠."

한상훈 과장이 입가에 비릿한 미소를 띠었다.

"……"

더 이상 대꾸할 가치가 없다고 느낀 김윤찬이 말없이 손목시계만 내려다볼 뿐이었다.

째깍째깍.

그렇게 시간이 흘러 마침내 약속된 테스트 시간이 되었지만, 아직까지 진순남의 모습은 보이지 않았다.

"어떻게 된 겁니까? 김윤찬 교수님? 여기 있는 사람들 모두 그렇게 한가한 사람이 아닌데, 이런 식이면 좀 곤란하지 않겠소?"

시간을 확인한 한상훈 과장이 눈매를 좁히며 물었다.

"음, 러시아워 시간이라 차가 좀 막히나 봅니다. 제가 확인해 보도록 하죠. 장영은 선생, 진순남 선생한테 전화 좀 해 봐요!"

김윤찬이 손짓으로 장영은을 불렀다.

"네. 그렇지 않아도 전화했는데, 진 선생이 받지를 않아요. 어쩌죠?"

장영은이 조금은 초조한 눈빛으로 핸드폰을 바라봤다.

"음, 무슨 일이지? 설마 테스트 시간을 잘못 알고 있는 건 아닐 테고?"

"네. 어젯밤에도 저와 통화해서 확인했거든요. 아마 그렇지는 않을 겁니다."

"무슨 일이 생긴 건가?"

"흐음, 만약에 특별한 일이 있었으면 전화를 했을 겁니다. 아무래도 사정이 있나 본데, 조금만 더 기다려 주십시오."

"알았어요. 다시 한번 전화해 보세요."

"네, 알겠습니다."

장영은이 초조한 얼굴로 핸드폰을 들고 밖으로 나갔다.

"이건 좀 기분이 매우 언짢습니다, 김 교수님? 어떻게 된 겁니까? 벌써 10분이 지났는데?"

한상훈 과장이 자신의 손목시계를 톡톡 건드리며 인상을 찌푸렸다.

"죄송합니다. 진 선생한테 무슨 사정이 있나 봅니다. 조금만 더 기다려 주시죠."

"하아, 사정이라……. 무슨 사정일까요? 설마 여기 있는 사람들이 다들 사정이 없는 사람들이겠습니까?"

한상훈 과장이 불편한 기색을 숨기지 않았다.

"죄송합니다. 장영은 선생이 확인하러 갔으니까 조금만 기다려 주십시오. 죄송합니다."

김윤찬이 난감한 표정을 지으며 입술을 잘근거렸다.

그리고 곧이어 장영은 선생이 컨퍼런스 룸으로 안으로 들어왔다.

"장 선생, 어떻게 된 거야? 순남이는?"

김윤찬이 조금은 다급한 표정으로 물었다.

"후우, 어떻게 된 건지 모르겠어요. 하숙집에 전화해 봤는데, 아침 일찍 나갔다고 하네요?"

"아침 일찍 나가?"

"네! 병원에 일찍 가서 공부할 게 좀 있다고 일찍 나갔대요. 무슨 일이 생긴 거 아닐까요?"

"음, 무슨 일이 생겨?"

"그러니까요. 단 한 번도 이런 적이 없던 녀석인데……."

"다시 전화해 봤어?"

"네네, 안 받아요. 대체 무슨 일이 생긴 건지 모르겠네요."

장영은이 손가락을 만지작거리며 아랫입술을 깨물었다.

"김 교수님! 이 정도면 우리도 기다릴 만큼 기다린 것 같은데 말이죠?"

이미 반쯤은 몸을 일으켜 세운 한상훈 과장이었다. 그가 일어나자 몇몇 교수들도 따라 일어났다.

"음, 조금만 더 기다려 주실 순 없으십니까? 분명 사정이 있을 겁니다."

"이미 이번 테스트는 끝났어요! 진순남 선생은 촌각을 다투는 흉부외과 써전으로서 이미 자격 미달입니다. 그러니 이제는 실력이 있건 없건, 전 절대로 진순남 선생을 우리 식구로 받아들일 수가 없어요."

이런 상황이 오길 기다렸던 사람처럼 한상훈 과장이 단호한 어조로 못을 박았다.

"과장님! 이번 테스트를 위해서 진순남 선생은 없는 시간을 쪼개고 쪼개서 공부해 왔습니다. 분명 무슨 피치 못할 사정이 있었을 겁니다!"

안타까운 마음에 장영은이 나섰다.

"피치 못할 사정이라……. 난 그런 건 잘 모르겠고, 지금 이 자리에 테스트를 받아야 할 인턴이 없다는 게 펙트라고 생각하는데?"

"과장님, 제발!"

"그래요. 장영은 선생의 후배 사랑은 정말 감동적이긴 한데, 자네도 수능을 쳐 봤을 테니 잘 알 거 아닌가? 1교시가 끝난 후에 온 수험생에게 1교시 시험을 볼 수 있게 해 주는 법이 있던가?"

한상훈 과장이 냉정하게 장영은의 의견을 묵살했다.

"과장님, 너무하십니다! 애초에 이런 테스트는 억지였어요. 솔직히 과장님은 진순남……."

"그만해, 장영은 선생! 진순남을 비롯해 모든 사람이 동의한 테스트야. 이제 와서 왈가왈부할 사항이 아니야."

장영은이 흥분하자 김윤찬의 그녀의 팔을 잡아당겼다.

"아니, 그래도 전……."

"됐어! 나도 진순남 선생한테 매우 실망했어. 이런 시간 개념을 가지고 흉부외과에서 근무할 생각을 했나?"

"교수님! 분명 무슨 피치 못할 사정이 있었을 겁니다!"

"그래. 뭐, 그럴 수도 있겠지. 하지만 아프면 기어서라도 왔었어야지. 본인이 그토록 원했고, 흔쾌히 승낙한 테스트였다면!"

김윤찬 교수 역시, 단호한 표정으로 고개를 가로저었다.

"교수님……."

장영은 선생이 억울한 듯 주먹을 쥐락펴락했다.

"어쩔 수 없는 일이야. 분명히 진순남 선생은 약속을 지키지 않았다. 그럼 그 약속을 지키지 않은 대가는 달게 받는 수밖에 없어."

"하아, 저도 매우 안타깝습니다. 여러 가지 문제가 있긴 하지만, 나름대로 학부 성적 우수하고 인턴 고과도 최상위권이라 기회를 주려 했는데, 이렇게 되면 어쩔 수 없는 일 아닙니까? 안 그렇습니까?"

한상훈 과장의 입꼬리에 야릇한 미소가 걸려 있었다.

"……."

흐음, 김윤찬이 침통한 표정으로 짧은 한숨을 내쉬었다.

"안 그래요, 김 교수?"

김윤찬의 표정을 보며 다시 한번 확인 사살 하는 한상훈 과장.

"네. 어쩔 수 없죠. 원칙은 원칙이니까요."

"그래요. 전 충분히 기회를 줬습니다. 이 건에 대해서는 더 이상 왈가왈부하는 일이 없도록 해 주셨으면 좋겠군요."

"네, 그렇게 하겠습니다."

김윤찬이 침통한 표정으로 고개를 끄덕거렸다.

"좋아요. 이동출 교수! 오늘 회진이 몇 시죠?"

한상훈 과장이 입가에 흐뭇한 미소를 띠며 고개를 돌렸다.

"네, 지금 나가시면 딱 맞을 것 같습니다. 가시죠, 과장님!"

이동출 교수가 문제를 출제하려고 가져왔는지, 서류철을 가방 속에 욱여넣었다.

"그래요. 갑시다! 환자들이 기다리고 있는데, 시간이 늦어서야 쓰겠습니까? 여러분들도 잘 새겨들으세요. 의사로서의 최고의 덕목은 약속입니다!"

한상훈 과장이 레지던트들을 훑어보며 일침을 가했다.

"네, 과장님."

"생명이 위급한 환자에게 있어 가장 필요한 의사는 능력 있는 의사가 아니에요! 정확한 시간에 정확한 치료를 해 줄 수 있는 성실한 의사라는 걸 명심하세요! 알았습니까?"

"네에, 알겠습니다."

"자, 그러면 가 보도록 하죠. 환자들을 마냥 기다리게 할 순 없으니까."

우르르, 한상훈 과장이 자리에서 일어나자 이동출, 박광정을 비롯한 레지던트들이 그의 뒤를 따랐다.

바로 그때였다.

쾅!

그제야 진순남이 문을 박차고 컨퍼런스 룸 안으로 들어왔다.

허억허억.

헐레벌떡 뛰어 들어온 진순남. 얼마나 숨이 찼는지 양 무릎에 손을 얹고 거친 숨을 몰아쉬고 있었다.

"죄송합니다! 좀 늦었습니다!"

"뭔가 자네? 꼴이 그게 뭐야?"

그 모습을 지켜보던 한상훈 과장이 눈썹을 꿈틀거리며 인상을 썼다.

무언가에 찢겨 나갔는지 셔츠는 갈기갈기 찢어져 있었고, 온몸은 땀에 절어 있었으며, 몸 군데군데 핏자국이 선명하게 찍혀 있었다.

"죄, 죄송합니다. 사정이 좀 있어서……."

허억허억, 여전히 숨이 차는지 진순남이 숨을 헐떡거리며 말을 잇지 못했다.

"쯧쯧쯧, 어디서 시비라도 붙었나 보지? 주먹질이라도 했나?"

한상훈 과장이 진순남을 훑어 내리더니 혀를 찼다.

"아니요. 그런 게 아니라……."

"됐습니다! 개 버릇 남 못 준다더니, 이래서 사람은 고쳐 쓰는 것이 아니야. 이런 작자를 어떻게 우리 과 식구로 받아들일 생각을 한 겁니까, 김 교수님?"

"……."

한상훈 과장이 가차 없이 비수를 꽂아 대자, 김윤찬이 침통한 표정으로 아무 말도 하지 않았다.

"과장님! 지금 진순남 선생이 늦은 이유를 말씀드리려고 하지 않습니까? 최소한 늦은 이유에 대해서 들어 보기는 해야 하는 거 아닌가요?"

보다 못한 장영은이 나서, 한상훈 과장의 길을 막았다.

"이유라? 이 꼴을 보고도 장영은 선생은 저 사람을 두둔하는 겁니까? 말이 된다고 생각하세요?"

"과장님! 부탁입니다. 이유라도 듣게 해 주십시오."

"음……. 좋아요. 좋습니다! 그래요, 어디 들어 봅시다. 오늘같이 중요한 날에 이렇게 만신창이가 된 이유가 뭡니까? 출근하는 길에 조폭들이라도 만나서 시비라도 붙었던 겁니까, 진순남 선생?"

한상훈 과장이 뱀의 눈으로 진순남을 노려봤다.

"피치 못할 사고가 있었습니다."

잠시 머뭇거리던 진순남이 마침내 입을 열었다.

"피치 못할 사고라? 거보세요. 이래서 검은 머리 짐승은 거두는 것이 아니라고 했습니다!"

"과장님, 진순남 선생이 피치 못할 사고가 있었다고 하지 않습니까? 끝까지 말을 들어 봐야 하는 것 아닙니까?"

한상훈 과장이 빈정거리자, 참다못해 김윤찬이 나섰다.

"들어 볼 필요도 없습니다. 옷은 저렇게 갈기갈기 다 찢기고, 온몸에 피투성이라면 뻔한 것 아닙니까? 깡패짓을 했든지, 깡패라도 만났든지 둘 중 하나겠죠. 어쨌든 중요한 건 테스트 시간에도 늦었다는 점입니다! 그러면 말 다 한 것 아닙니까? 할 말 있어요, 진 선생?"

한상훈 과장이 마치 벌레 보듯 진순남을 훑어 내렸다.

"아뇨, 없습니다!"

"거보세요, 인정하잖습니까? 그러니 할 말이 있을 리가 있나? 김 교수, 내가 지금 여기 더 있어야 할 이유가 있습니까?"

"……."

한상훈 과장의 말에 김윤찬이 침통한 표정을 지었다.

"비켜 주시죠? 나 이제 회진 돌아야 할 시간인데?"

후훗, 한상훈 과장이 손목시계를 건드리며 기분 나쁘게 웃었다.

"……."

김윤찬은 어쩔 수 없이 한상훈 과장에게 길을 내어 줄 수밖에 없었다.

"이제 김 교수가 원하는 대로 다 해 드렸으니, 더 이상 군말은 안 하시겠죠? 난 이만 갑니다."

한상훈이 조롱 섞인 시선을 흩뿌리며 보무도 당당하게 컨퍼런스 룸을 빠져나갔다.

"진순남, 너 이것밖에 안 돼?"

"교수님! 순남이 말대로 뭔가 사정이 있었을 겁니다!"

그러자 안타까운 듯 장영은이 김윤찬의 팔을 잡고 애원했다.

"아니, 무슨 일인지는 모르겠지만, 자신의 인생이 걸린 일을 이토록 소홀히 한다면 의사로서 자격 미달이야."

"교수님!"

"정말 실망했다. 당장 옷부터 갈아입고 바로 내 방으로 와!"

"네, 알겠습니다."

김윤찬의 호통에 진순남은 한마디 변명도 없었다.

김윤찬 교수 연구실.

옷을 갈아입은 진순남이 침통한 표정으로 김윤찬을 찾아왔다.

"교수님……."

"앉아라."

김윤찬이 진순남이 말을 잇기도 전에 냉정하게 말했다.

"네."

그러자 진순남이 말없이 의자에 앉았다.

"난 순남이 네가 한상훈 과장이 말한 대로 깡패들과 시비가 붙었을 거라고는 생각하지 않는다. 맞니?"

"네, 그렇습니다."

"좋아. 그러면 지금부터 넌 나를 설득해야 할 거야. 지금 네가 한 선택은 네 인생에 있어서 가장 중요한 이 순간과 바꿀 수 있을 만한, 그만한 가치가 있는 일이어야 한다. 알았니?"

김윤찬이 무표정한 얼굴로 진순남을 응시했다.

"오는 길에 응급 환자를 만났습니다. 그 응급 환자를 치료해 주느라고 늦었고요."

마침내 진순남이 입을 열었다.

"그래. 그럴 거라 생각했다."

이미 모든 것을 알고 있었다는 듯, 전혀 놀란 기색이 없는 김윤찬이었다.

"네?"

오히려 놀란 쪽은 진순남이었다.

"옷이 찢어진 형태를 보아하니, 압박붕대로 활용했을 것이고, 사방에 튄 핏자국은 환자의 것이겠지. 맞나?"

무심해 보이는 김윤찬의 표정에서 일말의 감정 변화도 읽어 낼 수 없었다.

　　"네? 아, 네. 그, 그렇습니다."

　　당황한 진순남이 말을 더듬거렸다.

　　"그래서? 네가 한 행동이 용서가 된다고 생각하나?"

　　"아, 아니 그게 아니라……."

　　"의사의 사명감으로 사람을 살렸으니, 이해해 달라고 말하고 싶은가?"

　　"그게 아니라……. 죄송합니다, 교수님!"

　　뜻밖의 김윤찬의 반응에 할 말을 잃어버린 진순남이었다.

　　"어떤 환자였지?"

　　"교통사고 환자였습니다."

　　"상태는?"

　　"위중해 보였습니다."

　　"그래서 환자를 살렸나?"

　　"아, 네. 일단 응급조치해서 인근 병원에 인도하고 오는 길입니다."

　　"그걸 물어보는 게 아니야. 그 교통사고 환자가 어디를 다쳤는지, 어떻게 응급조치를 했는지, 그래서 그 환자가 어떻게 되었는지를 묻는 것이다. 환자를 인근 병원에 인도하고 오는 것은 너 아닌 다른 사람이 해도 충분해!"

　　"죄, 죄송합니다."

"당연히 죄송해야지, 인턴 나부랭이 따위가 위중한 환자의 몸에 손을 대?"

"네?"

"선무당이 사람 잡는 법이다. 너 따위가 직접 나설 상황이 아니었다는 거야."

"죄, 죄송합니다. 교수님!"

"네가 환자를 응급조치했다고 해서 내가 칭찬할 줄 알았어? 아니, 천만에. 넌 그저 환자의 활력징후를 살피고, 최대한 빨리 119에 신고를 한 후에 그들이 도착하면 병원으로 왔어야 했다. 넌 그 환자에게 아무것도 해서는 안 되는 상황이었단 말이다."

김윤찬의 어조가 조금씩 격해지는 듯했다.

"죄송합니다."

"진순남! 지금부터 내가 하는 말 잘 들어. 지금 내가 너한테 화가 난 이유는 오늘 테스트에 늦어서가 아니다. 이제 고작 인턴 주제에 중환자의 몸에 손을 함부로 손을 댔기 때문이라는 걸 명심해."

"……."

진순남이 고개를 숙인 채 아무 말도 하지 못했다.

"그깟 인턴 고과 점수가 높다고 우쭐거리고, 이론적으로 몇 글자 머릿속에 박혀 있다고 자만심에 우쭐거릴 생각은 꿈에도 하지 마. 네가 나서야 한다는 무모한 자만심은 버려라.

지금 상황만 놓고 본다면, 그 환자에 있어 119 구급대원의 손이 네 손보다 열 배, 아니 1백 배는 더 유용했을 것이라는 걸 알아야 해."

"네에."

잔뜩 주눅 든 진순남이 목소리가 기어들어 갔다.

"결국 이번 테스트는 물 건너간 것 같구나. 지금은 나도 머리가 복잡하니, 좀 더 생각을 정리한 후에 향후 어떻게 할지 생각해 보도록 하자."

"네, 교수님."

"그럼 그만 가 봐."

"네."

진순남이 어깨를 축 늘어뜨린 채, 김윤찬 교수실을 빠져나갔다.

김윤찬은 그 모습을 안타까운 시선으로 지켜보고 있었다.

한상훈 과장실.

김윤찬이 며칠을 고심한 끝에 진순남의 거취 문제를 논의하기 위해 한상훈 과장을 만나러 왔다.

"그러니까, 진순남 선생이 출근길에 우연히 TA(교통사고) 환자를 만났고, 그 환자를 치료해 주는 바람에 테스트에 늦었다는 겁니까?"

김윤찬이 뭐라고 하든, 씨알도 먹히지 않을 것 같은 한상훈의 표정이었다.

"그렇습니다."

"그래서요? 지금 진순남 선생한테 한 번 더 기회를 주자고 저를 찾아온 것입니까?"

한상훈 과장이 거만한 태도로 김윤찬을 내리깔아 봤다.

"아뇨. 사정이야 어떻게 됐든 테스트를 보지 못한 건 진순남 선생의 잘못입니다. 그에 마땅한 책임을 져야 하는 것도 진순남 선생의 몫이겠죠. 그에게 기회를 다시 주자고 찾아온 것은 아닙니다."

"그러면요?"

한상훈 과장이 미간을 찌푸리며 못마땅한 표정을 지었다.

"흉부외과 지원은 틀렸지만, 진순남 선생이 정상적인 레지던트 과정을 밟을 수 있도록 배려해 달라고 말씀드리러 왔습니다."

"아……. 그러니까 나보고 입 다물고 있어라, 그런 뜻입니까? 진순남의 과거에 대해서요?"

"당연한 것 아닙니까? 진순남 선생의 과거는 이미 지난 일이고, 개인정보보호법에 의해……."

"아아! 알았어요. 뭐 그런 일로 법을 운운하고 그럽니까? 내가 약속하리다. 어차피 서로 마주칠 일도 없는 사람인데,

굳이 내 입만 더러워질 뿐이니까."

"네, 감사합니다. 그럼 전 이만 나가 보도록 하겠습니다."

"나 원 참! 그 전과자 놈이 도대체 김윤찬 교수한테 뭔데
그렇게 감싸고도는 겁니까??"

한상훈 과장이 못마땅한 듯 퉁명스럽게 쏘아붙였다.

"방금 말씀드렸지만, 더 이상 진순남 선생의 과거사를 들
추지 말라고 부탁드렸을 텐데요?"

"하아, 도통 이해할 수가 없네? 김 교수, 그 친구한테 무슨
약점 잡힌 거 있어요? 왜 그러는데?"

한상훈 과장이 한심하다는 듯이 고개를 갸웃거렸다.

"하실 말씀 없으시면 그만 가 보겠습니다."

더 이상 한상훈과는 말을 섞고 싶지 않은 김윤찬이었다.

"아, 알았습니다. 다만, 내가 조용히 있다고 해서 감출 게
감춰지겠습니까? 언젠가는 사람들도 진순남의 과거에 대해
다 알게 될 겁니다. 그게 인지상정이니까."

"……."

대꾸할 가치를 느끼지 못한 김윤찬이 자리를 박차고 일어
났다.

흉부외과 하늘공원.

"순남아, 나랑 커피 한잔 할래?"

"네, 선생님."

장영은이 당직실에서 근무하고 있던 진순남과 함께 하늘
공원에 올라왔다.

"상심이 크지?"

장영은이 머그 컵에 따뜻한 커피를 담아 진순남에게 건네
주었다.

"어쩔 수 없는 일인데요, 뭐."

"음, 김 교수님한테 섭섭하니?"

"아뇨, 아뇨! 전혀요. 교수님 말씀이 백번 옳아요. 제가 주
제도 모르고……."

진순남이 힘없이 고개를 떨어뜨렸다.

"음, 아냐. 정말 잘했어. 의사라고 다 너처럼 용기를 낼 수
있는 건 아니야. 그리고 의사로서 당연히 해야 할 일을 한 거
야. 분명 나라도 그렇게 했을 거야."

장영은이 따뜻한 위로의 말을 건넸다.

"고맙습니다."

"장하다, 우리 순남이! 그나저나 이제 진로를 다시 정해야
할 텐데, 생각해 둔 과는 있니?"

말을 건네는 장영은의 표정이 매우 어두웠다.

"음, 전 죽어도 흉부외과에 지원할 겁니다. 의대에 진학한
이후로 다른 과는 단 한 번도 생각해 본 적 없어요. 전 반드
시 김윤찬 교수님처럼 흉부외과 써전이 될 거예요."

"하아, 그건 이미……."

"네, 알아요. 하지만 병원이 연희병원만 있는 건 아니잖아요? 김윤찬 교수님을 모실 수 없는 건 안타깝지만, 그래도 제 생각은 변함이 없어요. 다른 학교 흉부외과를 지원할 생각이에요."

"하아, 그렇구나."

"네, 아직 방법은 충분히 있다고 생각해요. 서울에 있는 다른 병원에 지원해도 되고, 비록 제 모교가 명문대는 아니지만 부속병원이 있으니, 그쪽에 지원해도 돼요. 불행 중 다행인 게 그래도 흉부외과는 다들 지원을 꺼리는 과잖아요?"

헤헤헤, 이런 상황에서도 결코 희망을 버리지 않는 진순남이었다.

"그래. 네 뜻이 정 그렇다면 나도 좀 알아볼게. 고운대나 한영대 부속병원에도 내 친구들이 있거든! 요즘 흉부외과가 인력난이 극심해서 그렇게 어렵진 않을 거야."

"헤헤헤, 감사합니다. 다른 사람도 아니고 선생님이 도와주신다는데, 냉큼 받아먹어야죠. 그죠?"

"녀석! 그래, 인마. 아무튼, 넌 어딜 가서든 잘 해낼 거야. 네 실력은 내가 보장한다!"

장영은이 안쓰러운 표정으로 진순남의 머리를 흐트러뜨렸다.

"네. 병원이 뭐 중요하나요? 심장병 환자가 있는 곳이면, 연희든 어디든 아무런 상관 없어요! 저 열심히 할게요."

"그럼, 그럼. 우리 순남인 잘 해낼 거야. 그나저나 내가 궁금한 게 하나 있는데, 물어봐도 되니?"

"그럼요. 뭐든 여쭤보세요."

"너 테스트 날, TA 환자를 치료했다고 했지?"

"네, 맞아요. 50대쯤으로 보이는 남자 환자였어요."

"음, 어느 병원으로 이송했다고 했지?"

"고운대병원이요. 그건 왜요?"

"아, 그렇구나. 근데 치료는 어떻게 한 거야? 지금 생각해 보니 그걸 안 물어봤네?"

"음, 펠비스(골반)가 오픈 북 형태로 완전히 개방돼, 완전히 골절이 된 것 같았어요."

진순남이 당시 상황을 떠올리며 장영은에게 말했다.

"펠비스가 골절된 건 어떻게 안 건데?"

"음, 일단 양손으로 환자의 골반을 잡고 조심스럽게 흔들어 보니, 덜컹거리더라고요. 아! 이거 골반이 나갔구나, 했죠."

"그래? 그래서 옷을 찢어서 골반 압박을 한 거니?"

장영은이 호기심 어린 눈빛으로 진순남을 응시했다.

"네. 게다가 항문 쪽에도 출혈이 있더라고요. 골반뼈가 부러지면 항문은 물론 직장에서도 출혈이 생긴다고 배웠거든요. 그래서 일단은 임시방편으로 골반 압박을 해 줬어요. 아마도 항문 파열이나 직장도 크게 상처가 났을 가능성이 있었어요."

"와! 정말 잘했네."

"그래서 일단 119 구급대원들과 함께 고운대로 이동해서, 그쪽 병원 사람들한테 인수인계해 줬어요. 제가 파악한 건 전부 전달해 줬고요."

"우리 순남이, 완전 FM인데?"

장영은이 대견한 듯 진순남의 머리카락을 흐트러뜨렸다.

"잘하긴요, 뭘. 그러고 보니 그 환자분 어떻게 됐는지 확인을 못 했네요?"

진순남이 고개를 갸우뚱거리며 뒷머리를 긁적거렸다.

💔

그리고 다음 날 아침.

연희대 병원 응급실에 중년의 한 여자와 30대 초반으로 보이는 청년이 진순남을 찾아왔다.

흉부외과 너스 스테이션.

"저, 김윤찬 교수님을 좀 만나 뵈러 왔습니다. 지금 만나 뵐 수 있을까요?"

"그럼요. 어서 오십시오. 그렇지 않아도 김윤찬 교수님이 기다리고 계십니다."

간호사가 기다렸다는 듯이 두 사람을 맞이했다.

이미 김윤찬으로부터 두 사람이 찾아올 것이라는 얘기를

전해 들은 모양이었다.

　김윤찬 교수실.

　"어서 오십시오."

　중년의 여자와 30대 청년.

　그들은 모자지간으로, 며칠 전 진순남이 응급조치했던 TA(교통사고) 환자의 가족들이었다.

　"네, 교수님."

　"차 한잔 하시겠습니까?"

　"네."

　두 모자가 소파에 앉았고, 김윤찬이 따뜻한 차를 내왔다.

　"남편분은 좀 어떠십니까?"

　김윤찬은 이미 이들을 알고 있는 듯 보였다.

　"교수님 덕분에 많이 좋아졌습니다. 신경 써 주셔서 감사합니다."

　환자의 아들로 보이는 청년이 김윤찬에게 깍듯하게 인사했다.

　"네. 고운대 구해준 교수는 제가 미국에 있을 때 인연을 맺은 교수예요. 외상외과 분야에선 국내 최고 실력자니 걱정 안 하셔도 될 겁니다."

　"네네. 그렇지 않아도 수술은 잘 끝났다고 하더라고요! 전부 교수님 덕분입니다."

중년의 여자가 몇 번이고 김윤찬에게 감사를 표했다.

"어휴, 아닙니다. 제가 한 게 뭐 있나요? 우리 인턴 선생이 응급조치를 적절하게 잘해서 골든 타임을 지킬 수 있었던 것 같습니다."

"아! 연희병원 의사 선생이셨군요?"

"그렇습니다. 우리 병원 인턴 선생입니다."

"어휴, 정말 다행이네요! 그렇지 않아도 그 선생님께 인사를 드려야 했는데, 얼굴도 뵙지 못했어요. 저희가 병원에 도착했을 때 이미 자리를 뜨셨더라고요."

"그랬군요."

"이후에 인터넷에도 올려 보고 포털 사이트랑 SNS를 통해서 찾으려 애를 썼는데도 성함조차도 알아내지 못했어요. 저희 아버지 생명의 은인이신데, 병원에서도 누군지 모른다고만 하시고요."

"아, 그렇습니까? 그 인턴이 저의 제자 진순남 선생입니다."

김윤찬이 뿌듯한 듯 가슴을 내밀었다.

"그렇군요! 얼른 만나 뵙고 싶어요. 구해준 교수님이 그러시던데, 그 선생님이 아니었으면 우리 남편 큰일 날 뻔했다고 하더라고요."

"맞습니다! 우리 진순남 선생이 완벽하게 응급조치를 했습니다."

"네네, 하늘이 도왔어요! 진짜 하늘이 도와서 그런 훌륭한 의사 선생님을 만나게 된 것 같습니다!"

환자의 아내가 가슴을 쓸어내리며 안도의 한숨을 내쉬었다.

"제가 가장 아끼는 제자 중 한 명입니다. 항상 열심히 일하고 책임감도 출중하고요! 물론 실력도 굉장한 친구입니다."

하하하, 김윤찬이 흡족한 미소를 지으며 파안대소했다.

"네! 저도 그렇게 생각합니다. 이제 아버지 생명의 은인도 찾았으니, 찾아뵙고 인사드리고 기사도 쓸 작정입니다!"

아들이 두 주먹을 가볍게 말아 쥐었다.

"네? 기사요? 무슨 기사 말씀입니까?"

"아, 맞다! 제 소개가 늦었네요. 전 동의일보 사회부 기자, 강직한이라고 합니다!"

강직한이 자신의 명함을 꺼내, 김윤찬에게 건네주었다.

"아하! 기자시군요?"

"네, 그렇습니다. 지금까진 개인적으로 그 선생님을 찾아봤지만, 이제 이렇게 성함도 알게 되었으니 당연히 기사를 써야죠. 요즘 세상에 이런 의인이 어디 있습니까?"

"하하하, 그렇습니까?"

"그럼요! 이런 미담은 가능하면 널리 널리 알리는 게 좋을 것 같습니다. 지금까지 성함도, 어느 병원에 근무하시는지도 몰라 아무것도 못 쓰고 있었지만, 사실 이미 목격자들도 전부 확보해 둔 상태입니다."

"오! 그렇습니까?"

"네네. 아버지를 구해 주신 선생님만 찾으면 바로 기사를 쓰려고 준비해 뒀죠. 기사화해도 괜찮겠죠?"

"물론입니다! 우리 병원 입장에서도 나쁠 이유가 하나도 없죠. 아마 진 선생 성격상 고사할 것 같긴 한데, 그건 염려 마십시오. 제가 알아서 처리하겠습니다."

"네네, 감사합니다."

"좋아요. 그러면 일단 진순남 선생부터 만나러 갈까요?"

"네, 좋습니다. 얼른 뵙고 싶습니다."

환자의 아내, 그리고 아들 강직한이 기쁜 마음으로 자리에서 일어났다.

며칠 전, 고운대병원.

진순남으로부터 모든 사정을 전해 들은 김윤찬이 고운대병원, 권역외상 센터 구해준 교수를 찾아갔다.

"오늘 아침에 응급조치한 친구가 자네 병원 인턴이라고? 레지던트가 아니라?"

"그래. 우리 병원 말턴 진순남이야."

"진짜??"

깜짝 놀란 구해준 교수가 혀를 내둘렀다.

"그래. 꽤 잘하지?"

"잘한 정도가 아니야. 솔직히 그 상황에서 인턴 나부랭이 따위가 그런 조치를 한다고? 그게 말이 되나?"

"뭘 어떻게 조치를 했는데?"

"그 환자, 골반이 완전히 산산조각이 났거든. 직장하고 항문도 다 찢어져서 출혈이 만만치가 않았어. 진 뭐라고?"

"진순남 선생."

"그래. 그 진 선생이 골반 압박을 제때 해서 망정이지, 만약에 그대로 뒀다가는 과다 출혈에 박리된 색전으로 가망이 없었을 거야. 진짜 5분만 늦었어도 힘들었지. 요단강 건너려는 환자, 멱살 잡고 끌고 온 게 그 친구야."

구해준 교수의 눈두덩이가 잔뜩 뭉쳐 있었다.

"그래? 순남이가 그렇게 잘 처리를 했다고?"

"그래그래. 골반이 부서진 걸 알아차린 것도 놀라운데, 흉강천자까지 완벽하게 해 놨네? 인턴이 이런 만행을 저질러도 되는 거냐? 이러면 우린 뭐 먹고 사냐?"

구해준 교수가 혀를 내둘렀다.

"후후후, 그래?"

"그래. 난 최소한 레지던트 말년이나 펠로우급은 되는 줄 알았다, 야."

"내가 어디 어설픈 제자 키우는 거 봤냐? 진 선생이 날 닮아서 그런가, 제법 친다."

하하하하, 신이 난 김윤찬이 활짝 웃으며 좋아라 했다.

"그래그래. 네 전화 받고 역시나 싶었다. 아무튼, 탐나는 녀석이야. 내 생각엔 흉부외과 말고 우리 외상외과가 체질에 딱인 것 같은데, 우리 병원으로 보낼 생각은 없냐?"

"왜? 팔 한쪽이 남아도냐? 팔이 많아??"

"와……. 진짜 하여간 흉부외과 놈들은 전부 이러냐? 왜 다들 이렇게 과격해?"

"그러니까 괜히 탐내지 말란 말이야. 그러다가 진짜 팔 한쪽 떨어져 나가는 수가 있어?"

"됐다! 그냥 해 본 소리다. 어떤 간덩이 부은 인간이 네 새끼를 데리고 갈 생각을 하냐?"

구해준 교수가 손을 내저으며 진저리를 쳤다.

"알면 됐다! 그나저나, 환자는 괜찮은 거지?"

"그래. 수술 결과는 괜찮아. 근데 워낙 여러 군데 손상이 와서 2차, 3차 수술까진 가 봐야 알 것 같아. 골반이라는 게 그렇게 단순한 곳이 아니잖아?"

"그래그래. 그거야 네가 알아서 잘하겠지. 그나저나 내가 환자 보호자분들을 좀 만나고 싶은데, 괜찮겠어?"

"보호자들?"

"어. 좀 드릴 말씀이 있어서."

"그야 어려울 것 없지. 그렇지 않아도 환자 아들 직업이 기자라는데, 지금 진 선생을 엄청 찾아다니고 있나 보더라."

"그렇군."

"당연하지, 자기 아버지 생명의 은인인데. 직업이 기자면서 가만히 있을 수 있겠어??"

"잘됐네. 그럼 내가 좀 만날 수 있도록 주선 좀 해 줘."

"오케이, 내가 환자 보호자들한테 연락해 둘게."

"그래. 일단 진순남 선생 얘기는 하지 말고?"

"알았다."

♥

며칠 후.

[이 시대 진정한 의사! 연희대학교 부속병원 소속의 인턴 진순남 씨가 교통사고로 사경을 헤매던 환자를 살리다! 기사를 작성한 강직한 기자는 본지의 사회부 기자로……]

그리고 강직한은 김윤찬과의 약속대로 진순남에 관한 기사를 썼고, 진정성이 담긴 강직한 기자의 기사는 네티즌들을 통해 삽시간에 퍼져 나갔다.

"진순남 선생, 정말 대단하다!"

"그러게요! 골반 골절도 잡아내고, 흉강천자도 블라인드로 했다면서요?"

"그래그래. 그것뿐만이 아니야, 앰뷸런스에 동승해서 이
것저것 다 했다고 하더라고!"

"이것저것 뭐?"

"그게 요즘 구급대원들도 IV는 잘 잡잖아? 근데, 직장 파
열에 항문 파열까지 있는 환자는 수액의 온도가 또 중요하
거든?"

"그렇지. 수액의 온도가 낮으면 저체온증이 와서 혈액응
고가 안 되니까."

"당근! 지혈을 제때 안 해 주면 쇼크 오고, 그렇게 노폐물
이 쌓이면 대사성 산증이 오니까 굉장히 위험하지."

"그래, 맞아. 그래서 진순남 선생이 그런 것까지 전부 컨
트롤하면서 환자를 이송했다고 하더라고."

"와……. 정말 대단하네. 무슨 그런 만렙 인턴이 있냐? 그
게 말이 돼?"

"그러니까. 근데 김윤찬 교수님이 아끼는 제자라고 하면
대충 답 나오지 않냐?"

"그러네. 김윤찬 교수님 애제자라면 더 이상 할 말이 없
네. 인정!"

삽시간에 진순남의 활약상은 연희병원 내 엄청난 파장을
불러일으켰다.

또한 이 엄청난 소식이 조병천 원장과 윤미순의 귀에 들어

가기까지는 그리 오랜 시간이 걸리지 않았다.

　조병천 원장실.

　윤미순이 김윤찬을 조병천 원장실로 호출했다.

　"음, 김윤찬 교수! 아주 훌륭한 인재를 키우고 계셨더군요?"

　각종 언론과 포털 사이트에 진순남의 미담이 오르락내리락하자 입이 귀에 걸린 윤미순이었다.

　"진순남 선생을 말씀하시는 겁니까?"

　"그럼요! 우리 병원에서 요즘 제일 핫한 친구가 그 친구 말고 또 누가 있겠습니까?"

　"네, 저도 기사는 읽었습니다."

　"좋아요! 그런 훌륭한 인재가 우리 병원 인턴이라니, 너무너무 기쁩니다."

　"네. 실력 있고 책임감 강한 선생입니다."

　"당연하죠. 응급 환자를 위해 그렇게 살신성인하는 의사가 요즘 어디 있습니까? 혹시나 잘못되면 모든 책임이 자기한테 돌아올까 봐 다들 몸을 사리는데 말이죠."

　"네, 그렇습니다."

　"그나저나, 그 친구 지금 말턴이라면서요? 과는 정해졌습니까? 난 이왕이면 김윤찬 교수가 데리고 가서 잘 가르쳤으면 좋겠는데?"

"아, 그게 조금 상황이 애매해서…….."

"상황이 애매하다뇨? 그게 무슨 말씀입니까?"

윤미순이 눈매를 좁히며 김윤찬에게 물었다.

"그게…….."

김윤찬이 말을 아끼며 곤란한 표정을 지었다.

"뭡니까? 나 성질 급한 거 몰라요? 무슨 문제라도 있는 겁니까? 빨리 말하세요, 김 교수!"

"네. 일단 진순남 선생이 타 병원에 레지던트 원서를 접수할 것 같아요."

"뭐, 뭐라고욧! 그게 무슨 개떡 같은 소립니까? 우리 병원 인턴이 왜 다른 병원에 원서를 넣어요? 게다가 진순남 선생은 김윤찬 교수의 제자라고 하지 않았습니까?"

다혈질적인 윤미순이 엉덩이를 들썩거리며 버럭거렸다.

"사실은 며칠 전에 진순남 선생의 거취 문제를 놓고 한상훈 과장님과…….."

김윤찬이 마지못해 입을 여는 척, 며칠 전에 있었던 일에 대해 윤미순에게 모든 것을 털어놓았다.

"미쳤군! 김 교수님! 지금 그걸 말이라고 하는 겁니까?"

김윤찬의 말이 끝나기가 무섭게 윤미순이 화를 내기 시작했다.

"음, 어쩔 수 없는 일이었습니다. 테스트를 통해 모든 것을 결정하기로 했거든요."

"말도 안 돼! 학부 성적도 최상위권이고 인턴 고과도 최고에다가, 극적으로 환자를 살린 사람을 타 병원으로 쫓아내겠다는 겁니까?"

"저도 어쩔 수 없는 일입니다. 제 입으로 한상훈 교수님과 약속했으니, 번복할 명분이 저에게는……."

김윤찬이 윤미순의 눈치를 보며 어물쩍거리며 말을 줄였다.

"됐어요! 어디 그따위 말도 안 되는 사유로 인턴을 내쫓아요?"

더 이상 군소리는 듣기 싫다는 듯 윤미순이 손을 내저었다.

"저로서는 어쩔 수 없는 상황입니다."

"시끄러워요! 김윤찬 교수님, 언제부터 이렇게 매사 신중하셨습니까?"

윤미순이 김윤찬을 나무랐다.

"아니, 그런 게 아니라, 명분이 없으니까……."

"됐습니다. 의사가 사람을 살리면 그걸로 된 거지, 그깟 테스트가 뭐가 중요하다는 겁니까? 응급 환자를 이렇게 완벽하게 살려 냈으면, 실력이야 증명된 것 아닌가요?"

"네, 그렇긴 합니다."

"그럼 됐습니다. 그 명분은 내가 만들 테니까, 김윤찬 교수는 일단 한발 뒤로 물러나요. 제가 당장 한상훈 과장을 만나 보도록 하죠."

윤미순이 단호한 표정으로 목소리 톤을 높였다.

윤미순 집무실.

화가 머리끝까지 난 윤미순이 한상훈 과장을 원장실로 호출했다.

"사모님, 안녕하십니까?"

한상훈 과장이 원장실로 들어와 허리를 굽혀 깍듯하게 인사했다.

"아뇨, 안녕 못 하겠는데요??"

윤미순이 표독스러운 표정으로 한상훈 과장을 노려봤다.

"네?? 무슨 일 있으십니까?"

"과장님 때문에 안녕하지 못하겠다고요."

"네? 저 때문……이라뇨?"

"과장님 때문에 스트레스를 받아서 미칠 것 같습니다."

가뜩이나 자신의 동생 윤장현과 연결되어 있는 한상훈 과장.

윤미순의 눈에 곱게 보일 리가 없었다.

"무슨 말씀인지……."

영문을 알 수 없는 한상훈 과장이 엉거주춤한 자세로 서 있었다.

"일단 앉으세요."

털썩. 윤미순이 턱짓으로 소파를 가리더니, 의자에 몸을 내던지듯 앉았다.

"네."

그리고 침묵의 시간.

윤미순이 한상훈 과장을 한참 동안 노려보더니, 마침내 입을 열었다.

"과장님의 소속은 어디십니까?"

"네?"

"제 말이 안 들리세요? 과장님의 소속은 어디시냐고 물었어요. 소속과 직급을 말씀해 보세요."

윤미순이 다리를 꼰 채, 한상훈 과장의 얼굴에 냉소적인 시선을 꽂았다.

"네, 연희병원 흉부외과 과장입니다."

굴욕적인 질문에 한상훈 과장이 얼굴을 굳혔다.

"그렇죠? 과장님의 소속은 분명 연희대학교 부속병원 흉부외과입니다. 그리고 직급은 과장이죠. 맞습니까?"

"네에, 맞습니다."

"좋습니다. 흉부외과 과장이면, 일반 기업으로 치면 본부장 정도의 지위가 될 수 있겠네요. 맞아요?"

윤미순이 취조하듯 한상훈 과장을 몰아붙였다.

"네. 일반 기업에 다닌 적이 없어서 잘 모르겠지만, 사모님 말씀이 맞겠죠."

여전히 못마땅한 표정의 한상훈 과장이었다.

"네, 맞아요. 본부장이면 최소한 이사급이겠네요."

"그렇습니까?"

"네네, 그렇습니다! 이사는 영어로 디렉터죠. 그 뜻을 해석하면 법인을 대표하는 상설적 필수 기관으로, 이사회의 구성원이 되죠. 뭐, 교수회 같은 거라고 생각하시면 되겠군요."

"네, 그렇군요."

"즉, 다시 말하면 과장님은 우리 병원을 대표하는 사람이란 말입니다. 언더스탠드?"

"네에."

윤미순의 고압적인 태도에 한상훈 과장이 불편한 기색을 보였다.

"그런데 병원의 명성을 드높이는 일만 해도 모자랄 판에, 병원 대표라는 분이 병원 얼굴에 먹칠을 합니까?"

"먹칠이라뇨? 말이 지나치십니다, 사모님!"

더 이상의 모욕은 참을 수 없다는 듯 한상훈 과장이 발끈하며 나섰다.

"왜요? 아닙니까?"

윤미순이 한상훈을 매섭게 노려봤다.

"네. 전 단 한 번도 연희병원의 명성에 흠집이 가는 행동을 해 본 적이 없습니다."

한상훈이 끝까지 자존심을 지켜 내려 발악했다.

"좋아요. 그러면 제가 하나하나 설명해 드리죠. 첫째, 우리 병원 수련의 채용 기준에 별도의 테스트를 거친다는 규정이 있습니까?"

"네?"

"말씀해 보세요. 레지던트 채용 기준에 학부 성적, 인턴 고과 외에 기준이 있느냐는 말입니다."

진순남의 테스트를 염두에 둔 발언이었다.

"아, 아뇨. 그런 게 구체적으로 명시되어 있지 않지만, 인턴 고과만으로는 지원자의 실력을 정확히 파악할 수 없기에……."

"아하! 그러면 결국 과장님은 우리 병원의 인턴 체계 자체를 부정하시는 거군요?"

"네?"

"아닙니까? 인턴 고과는 인턴들의 실력을 정확히 반영하지 못한다고 생각하기 때문에, 별도의 테스트를 하는 것 아닙니까? 그건, 일종의 자기부정 아닙니까?"

"아……. 아닙니다. 그런 의미가 아니라, 흉부외과는 타과에 비해 선발 기준이 높은 관계로……."

"말도 안 되는 헛소리! 선발 기준이라는 건 정원보다 지원자가 많을 때 필요한 것 아닙니까? 지원자 자체가 정원에 미달하는데, 무슨 선발 기준 따위가 필요합니까?"

윤미순이 한상훈의 말에 요목조목 반박했다.

"아, 네."

윤미순의 반박에 대응할 논리가 없는 한상훈 과장이었다.

"제 말에 동의하십니까?"

"그건 그렇긴 한데, 진순남 선생은 기본적인 품성에 하자가 있는 사람입니다. 의사로서 실력도 실력이지만, 기본적으로 갖춰야 할 품격이 있어야 하는데⋯⋯."

"진순남 선생의 과거를 들추고 싶은 겁니까?"

이미 진순남의 과거를 파악하고 있는 윤미순이었다.

"아, 알고 계셨습니까?"

"세상의 모든 일을 과장님만 알고 있다는 착각은 버리십시오. 진순남 선생의 과거 문제는 아무런 문제가 되질 않아요. 그건 한 과장님도 잘 아시지 않습니까?"

"그래도 이건 의사로서 품격⋯⋯."

"자꾸 품격, 품격 하실 겁니까? 병상에 계신 제 아버지도 감방에 두 번이나 다녀오셨어요! 알아요? 그러면 이 병원 이사장은 품격이 없는 사람입니까? 네?"

윤미순이 버럭거리며 얼굴을 붉혔다.

"아, 아닙니다. 그런 의미로 말씀드린 건 절대 아닙니다."

이사장 얘기가 나오자 마침내 한상훈이 꼬리를 내렸다.

"자꾸 품격, 품격 하시는데, 진짜 의사로의 품격은 이력서에 글자로 써지는 게 아닙니다. 인생이 걸린 중요한 일을 앞두고 있음에도 불구하고, 모든 것을 버리고 의사로서 책임을 다하는 것이 진짜 품격이지요. 진순남 선생은 그 품격을 제대로 보여 줬습니다."

"……."

윤미순의 완벽한 논리에 반박할 근거를 찾을 수 없는 한상훈 과장이었다.

"말이 없으신 걸 보니, 제 말에 동의하시는 걸로 알고, 진순남 선생에 대해서는 더 이상 언급하지 않을게요. 알겠습니까?"

"……."

한상훈 과장이 침통한 표정을 지으며 묵묵부답이었다.

"말씀하세요! 한 과장님!"

그러자 윤미순이 버럭거렸다.

"네, 알겠습니다."

"네. 그러면 전 한 과장님만 믿고, 이 문제에 대해서는 더이상 신경 쓰지 않겠어요. 알아서 잘 처리해 주세요."

"네에."

"아, 그리고 장현이 말인데요. 장현이 걘 구질구질한 사람은 질색하거든요? 일 처리 깔끔하게 못 하는 사람은 더욱더 그렇고요."

"네? 그게 무슨 말씀입니까?"

"그러니까 잘하라고요. 암요, 장현이 눈에 들려면 각고의 노력이 필요하실 겁니다. 지금 정도 가지고는 턱도 없을 거예요. 장현이 걔, 그렇게 호락호락한 애 아니에요."

"……"

속내를 들킨 듯, 한상훈의 얼굴이 순식간에 시뻘겋게 변해 버렸다.

띠리리리.

그렇게 한상훈 과장이 도망치듯 나가자, 윤미순은 곧바로 조병천 원장에게 전화를 걸었다.

"원장님, 저예요."

─네네, 말씀하세요.

"진순남 선생이 전과 기록이 있는 것 같아요."

─네? 진순남 선생이 전과자란 말입니까?

깜짝 놀란 조병천 원장의 목소리가 커졌다.

"쫌! 조용, 조용!"

─네네, 죄송합니다. 전과자라면 이거 큰일 아닙니까? 제가 바로 확인해 보고 맞으면…….

"맞으면 뭐요? 뭘 어쩌시게요?"

─그건 뭐. 아무리 유명세를 탔다고 해도 결격사유가 아닙니까?

"시끄러워요! 내 말은 그 뜻이 아니라고욧!"

－그, 그러면요?

"한번 확인해 보시고, 만약에 맞는다면 인사팀장에게 단단히 일러두세요. 만약에 진순남 선생의 과거가 병원 내에 알려지면 당장 모가지 날아간다고요! 알았어요?"

－네네, 알겠습니다. 그렇게 하겠습니다.

왕후장상의 씨가 따로 있나?

유신 시절에 아버지도 두 번의 감옥살이를 하셨어! 그래도 지금 이 나라 최고 병원의 이사장이란 말이지.

난 장사꾼이야. 돈이 되면 쓰는 거고, 돈이 안 되면 안 쓰는 거야.

어디 보자! 오늘은 기사가 몇 개나 올라왔나?

딸깍, 윤미순이 마우스를 움직여 포털 사이트에 접속했다.

오! 오늘도 검색어 순위 1위네??

윤미순이 모니터를 응시하며 흐뭇한 미소를 지었다.

고함 교수 연구실.

홀쭉해진 몸매, 다소 야윈 얼굴까지. 예전에 강단 있던 고함 교수의 모습은 분명 아니었다.

콜록콜록.

고함 교수가 연신 마른기침을 했다.

"괜찮으세요?"

김윤찬이 걱정스러운 표정을 지었다.

"괜찮아. 그냥저냥 견딜 만해."

고함 교수가 손을 내저었다.

"제가 좀 봐 드려요?"

"허허허, 김 교수가 날 아주 환자 취급 하는구먼. 나 아직 멀쩡하다고!"

"에이, 하나도 안 멀쩡하시네요. 뭘."

"왜?"

"김 교수가 뭡니까? 그냥, 윤찬이나 이 새끼로 좀 불러 주십시오. 그러면 멀쩡하신 거 인정이요."

"이 사람아! 자네도 이젠 엄연히 우리 흉부외과의 에이스이자 정교수야. 아무리 내가 막 나간다고 해도 최소한의 예의는 지켜야 하지 않겠나?"

"됐습니다! 저 그런 거 별로 생리에 안 맞아요. 그냥, 예전처럼 대해 주세요. 요즘 아주 교수님 욕이 고파 죽겠거든요? 몰랐는데, 저 완전 변태인가 봐요."

하아, 김윤찬이 짧은 탄식을 내뱉었다.

"이 나이에 내 입에서 욕설이 튀어나와야겠나?"

"큭큭큭, 그냥 우리 둘이 있을 때만이라도요."

"알았다. 이 똥물에 튀겨 먹을 놈아! 됐냐?"

"네네, 정말 귀에 찰지게 달라붙네요."

"하하하, 녀석하곤!"

말은 그렇게 하지만, 언제나 김윤찬이 대견한 고함 교수였다.

그렇게 이런저런 사소한 대화를 주고받던 두 사람. 곧 고함 교수가 먼저 입을 열었다.

"음, 한상훈 과장이랑 그렇게 사사건건 부딪치지 말아. 쥐도 궁지에 몰리면 고양이 뒷다리를 무는 법이다. 쓰러질 듯 쓰러질 듯하면서도 지금까지 버틴 것만 봐도, 한상훈 그 인간 그렇게 녹록하지 않아."

최근 들어 한상훈과 김윤찬이 자주 맞붙는 장면이 연출되자, 고함 교수가 걱정스러운 듯 말했다.

"네, 그렇게 하겠습니다. 다만, 한상훈 과장이 쥐 새끼는 맞는데, 전 고양이가 아니에요. 제가 쥐를 궁지로 몰아넣을 이유는 없습니다. 전 쥐한테는 아무런 관심이 없어요."

"후후후, 자신만만하구나?"

"자신만만한 게 아니라, 제가 쥐하고 옥신각신할 이유가 없다는 거죠. 그러니 쥐한테 뒷다리를 물어뜯길 이유도 없습니다."

"그래. 네가 어련히 알아서 잘하려고. 그러면 진순남 선생은 최종적으로 흉부외과 식구가 되는 건가?"

"네네, 그렇습니다. 윤미순 사모님이 힘을 써 주신 것 같아요."

"흐음, 윤미순이라……. 그 여자 그렇게 믿을 만한 족속은 아니야. 매우 계산적인 여자란 걸 명심하거라. 믿고 따를 만한 사람은 못 돼."

"네, 저도 잘 알고 있습니다. 상품 가치가 없으면 가차 없이 내친다는 것도 잘 알고 있죠. 윤미순은 상품 가치가 있는 저를 이용하는 거고, 저 역시 그 상품이 잘 팔리도록 하는 윤미순의 마케팅 능력을 빌리는 것뿐입니다. 절대로 휘말려 들어갈 생각은 없습니다."

"그래. 절대로 모든 것을 내보이지 말거라. 게다가 최근 한상훈이 미국에 있는 윤장현이랑 연락이 잦은 것 같아."

일선에 잠시 물러나 있음에도 불구하고 모든 것을 본인의 시야 안에 묶어 두고 있었던 고함 교수였다.

"네, 그런 것 같습니다."

"어찌 보면, 윤미순보다 윤장현이란 인간이 더 힘든 상대일 수 있어. 그러고 보면 한상훈 그 인간도 머리 회전은 빠른 놈이야. 섣불리 덤벼서는 안 된다."

"네, 명심하겠습니다. 저도 경계는 하고 있어요."

"그래. 노파심에 말하지만 하여간 넌 죽었다 깨어나도 의사라는 걸 잊어서는 안 된다. 가급적이면 정치질에 휘말려 들어가지 않았으면 좋겠다."

고함 교수님! 죄송하지만 어쩔 수 없는 싸움이라면 피할 생각은 없습니다.

그깟 과장이나 원장 자리가 탐이 났다면, 그렇게 하겠지요.

하지만 제 목표는 이 연희를 내 것으로 만드는 겁니다.

따라서 윤미순은 믿고 따라야 할 주군이 아니라, 언젠가는 싸워야 할 적이죠. 그런 면에선 윤장현도 마찬가지입니다.

저 역시 윤미순을 이용할 뿐입니다.

"네, 걱정 마십시오."

"그래, 네가 알아서 잘하리라 본다. 그나저나, 우리 이나는 언제 온다니?"

김윤찬이 이 방에 들어왔을 때부터 줄곧 벽시계만 올려다보는 고함 교수였다.

"오늘 저녁 5시 비행기로 도착할 예정이에요."

"그렇구나. 사진 보니까 네 아들, 아주 너를 빼다 박았더구나. 하여간 씨도둑은 못 한다더니, 아주 똑같아!"

"헤헤헤, 그런가요?"

"그래그래. 나도 어서 녀석을 보고 싶구나. 이상종 교수도 허구한 날 그 녀석 보고 싶다고 난리야."

"하아, 저도 보고 싶어 미칠 것 같습니다."

"그래. 차 막힐 텐데, 얼른 공항으로 가 보거라."

고함 교수가 재차 벽시계를 올려다봤다.

"네, 그럼 다녀오겠습니다!"

"그래그래. 얼른 가 봐. 우리 손자 녀석 보고 싶어 미치겠구나."

마침내 김윤찬의 아내 윤이나가 그들의 아들 김지후와 함께 서울로 돌아왔다.
어린 시절 김윤찬을 쏙 빼닮은 미니미였다.

소아외과 전문의 윤이나

김윤찬의 아파트.

시끌시끌. 와글와글.

윤이나의 귀국은 모든 사람의 관심을 끌 만큼 대단한 사건이었다.

그도 그럴 것이 거의 6년 만에 한국에 돌아온 것이니, 어찌 반갑지 않겠는가?

각자 바쁜 일정임에도 불구하고 시간을 쪼개 김윤찬의 아파트에 모여, 윤이나와 지후의 무사 귀환을 축하했다.

고함 교수, 이상종 교수, 그리고 김윤찬의 절친 이택진은 물론, 황진희 간호사까지.

윤이나와 김윤찬을 알고 있는 모든 사람이 모처럼 한자리에 모였다.

응애응애, 응애응애.

지후가 울기 시작했다.

그저 요람 위에 모빌만 달아 줘도 생글생글 웃는 순둥이가 말이다.

"이 녀석 왜 울지?? 어르르 까꿍!"

고함 교수가 우스꽝스러운 표정을 짓자 지후가 더 크게 울음을 터트렸다.

"까꿍, 까꿍! 지후야, 할아비야. 할아비가 맛있는 거 사 줄게, 울지 마!"

조용히 웃기면 하던 아이가 울자, 고함 교수가 난감한 듯 온갖 손짓, 발짓을 다 하며 고군분투했다.

응애응애.

하지만 더 커지는 지후의 울음소리. 이제 녀석은 눈물까지 보이며 더 큰 목소리로 울기 시작했다.

"하아, 저리 비켜!"

그러자 이상종 교수가 고함 교수를 거칠게 밀쳐 내며 나섰다.

"왜?"

"이 사람아! 지금 지후가 못 볼 거 봐서 그러는 거잖아? 고함 너는 거울도 안 보냐? 난, 이 나이에도 자다가 꿈에 고함 교수 나오면 경기가 나!"

"뭐라고??"

고함 교수가 오만상을 찌푸렸다.

"너같이 험하게 생긴 사람이 그러니까 애가 울지! 비켜봐, 내가 달래 볼 테니까."

이상종 교수가 자신만만하게 요람 쪽으로 향했다.

"지후야! 할아비다! 까꿍! 무서운 걸 봤지? 그래그래, 이할아비가 때찌 해 줄게!"

이상종 교수가 고함 교수를 팔을 때리는 시늉을 했다.

응애응애.

여전히 멈추지 않는 지후.

그러자 이상종 교수도 민망한지 양손을 흔들며 지후의 관심을 끌려고 노력했다.

응애응애!

하지만 지후의 울음소리는 그칠 줄 몰랐다. 오히려 지후가 더욱더 목청을 높여 울었다.

"쳇, 뭐야? 더 울잖아?? 이봐, 이 교수! 그만하지? 당신이라고 별거 있는 줄 알아? 솔직히 말하면 당신 얼굴이 더 무섭거든?"

고함 교수가 팔짱을 낀 채 빈정거리며 한쪽 입꼬리를 말아 올렸다.

"뭐지? 이럴 리가 없는데? 내가 고함 저 인간보다 훨씬 순하게 생겼는데? 그렇지, 지후야?"

난감한 표정의 이상종 교수가 입술을 잘근거렸다.

그러자 그 모습을 지켜보고 있던 황진희 간호사가 나섰다. 더 이상은 두 사람을 보고 있기 힘들다는 표정으로 말이다.

"어휴, 내가 보기엔 두 분 다 무섭게 생겨서 그래요. 그런 얼굴을 아기한테 들이미니까 지후가 그러지! 아기가 울 때는 그만한 이유가 있는 거예요. 어디 보자! 우리 지후 응가 했나?"

황진희 간호사가 지후의 옷을 들춰 봤다.

"아이고! 꼬순내! 우리 지후 응가 했구나? 그래서 그렇게 울었어?? 응?"

황진희 간호사가 능숙한 솜씨로 아기 기저귀를 갈아 주었다.

쩝, 그 모습을 지켜보던 고함 교수와 이상종 교수가 민망한 듯 입맛을 다셨다.

"네가 애 어를 때 더 울었어!"

"아니거든? 지나가던 사람들을 붙잡고 물어봐라. 네가 훨씬 더 무섭게 생겼지. 넌 의사 가운만 안 입고 있으면 그냥 건달이야, 건달!"

오랜만에 만난 고함 교수와 이상종 교수. 어린애처럼 티격태격했다.

"두 교수님들! 제가 보기엔 도긴개긴이십니다요! 두 분 다 밖에 나가면 한 분은 조폭, 한 분은 건달이십니다!"

"둘 다 똑같은 거 아냐?"

"그렇죠. 누가 보면 쌍둥이인 줄?"

아웅다웅 다투는 두 사람의 모습을 보며 이택진이 한마디 거들었다.

하하하하!

그동안 고요했던 김윤찬의 아파트에서 웃음소리가 끊이지 않았다.

오랜만에 좋은 사람들끼리 모여 즐거운 시간을 보내는 김 윤찬과 그의 동료들이었다.

"자 자! 모두 일어납시다."

"뭐야, 이 교수! 난 오늘 여기서 자고 갈 건데? 간만에 윤 찬이랑 술판 한번 벌여 보자고! 그동안 내가 얼마나 이날을 기다렸는데?"

고함 교수가 자리에서 일어날 생각을 하지 않았다.

"와! 우리 교수님, 진짜 눈치 없으시네요?? 이나 선배 얼 굴 좀 보세요. 얼굴 썩어 들어가고 있잖아요!"

이택진이 눈치 없는 고함 교수에게 핀잔을 줬다.

"그, 그래? 이나야! 정말 그러냐?"

"아, 아니에요. 괜찮아요."

윤이나가 마지못해 고개를 내저었다.

"거봐! 이나가 괜찮다잖아?"

"하아, 교수님! 진짜 너무하시네요. 혈기왕성한 윤찬이가 독수공방한 지 거의 1년 다 되어 간다고요!"

"아…… 그래?"

"그럼요! 오랜만에 부부가 만났는데, 다들 너무 눈치 없는 거 아닙니까?"

"그런가? 난 잘 모르겠던데?"

쩝, 고함 교수가 고개를 갸웃거렸다.

"당연히 모르시겠죠? 그러니까 지금이라도 장가를 드세요, 교수님! 아까부터 윤찬이 저 새끼, 제 옆구리 꼬집고 난리도 아니었다고요! 보여 드려요? 여기 시퍼렇게 멍도 들었구먼."

"얘가 왜 이래? 아아, 됐다! 알았어. 가면 되잖아!"

이택진이 셔츠를 들추려 하자 고함 교수가 자리에서 벌떡 일어났다.

"큭큭큭, 김윤찬, 내가 총대 멨다! 이제 됐냐?"

"아니야. 다들 더 계세요. 오랜만에 만났는데."

"됐거든? 맘에 없는 소리 좀 작작 해라. 자, 이제 불청객들은 물러갈 테니, 두 분이서 맘껏 회포를 풀도록!"

'큭큭큭, 아예 오늘 지후 동생이나 하나 만들어라.'

이택진이 눈을 가늘게 뜨며 비릿한 미소를 지었다.

"미친놈! 얼른 가기나 해. 교수님들 잘 보내 드리고."

"이봐, 이봐. 방금 전까지만 해도 붙잡더니. 큭큭큭, 아무 튼 오늘 밤 만리장성 한번 제대로 쌓아서 지후 동생이나 만

들어 봐라. 이 새끼야!"

툭툭, 이택진이 김윤찬의 등을 두드려 주었다.

잠시 후.

그렇게 지인들이 모두 돌아가고 김윤찬과 윤이나 그리고 그들의 2세 김지후만 남았다.

오랜만에 아니, 처음으로 세 가족만 오붓하게 남아 있었다.

"눈은 당신 닮았지?"

새근새근.

두 사람은 요람에 누워 천사처럼 자고 있는 지후를 사랑스러운 눈으로 바라봤다.

"아니! 눈, 코, 입 전부 당신 닮았어. 난 하나도 안 닮았는 걸?"

"그런가? 눈은 분명히 당신인데?"

"됐네요! 완전 당신 판박이야."

"헤헤헤, 그런가? 내 아들이니까 날 닮은 거지."

지후를 바라보고 있는 김윤찬의 눈에서 꿀이 뚝뚝 떨어지는 것 같았다.

"쳇, 그렇게 좋아? 진짜 혼나?"

김윤찬이 아이만 바라보자 윤이나가 뽀로통한 표정을 지었다.

"아니, 아니. 지후도 지후지만, 당신이랑 같이 있게 되어서 더 좋아."

"거짓말!"

"진짜라니까! 얼마나 보고 싶었는데!"

와락, 김윤찬이 윤이나의 허리를 우악스럽게 잡아 끌어당겼다.

"어머! 뭐야?"

"난 그저 택진이가 시키는 대로 할 뿐이야. 택진이가 그러던데, 오늘 지후 동생 만들라고 하던데?"

"앗! 진짜!"

윤이나가 부끄러운 듯 김윤찬의 몸을 밀쳐 냈다.

일주일 후.

"당신 진짜 출근해도 괜찮겠어? 좀 더 쉬지?"

윤이나가 일주일 만에 병원에 출근하겠다고 나섰다.

"괜찮아. 미국에서도 많이 쉬었어요. 저도 쉬고 싶지만, 아픈 환자들을 생각하면 하루라도 일찍 출근해야지."

"이보세요, 윤 교수님! 연희병원 소아외과에 윤이나 교수님만 계신 게 아니에요! 괜히 무리하지 말고 좀 더 쉬어."

"괜찮대두. 나도 쉬고 싶긴 한데, 여긴 또 미국이랑 다르잖아. 사람들이랑 안면도 익히고 하려면, 미리미리 적응하는 게 좋아."

"하여간, 황소고집을 누가 꺾어? 그럼 지후는?"

"당분간 엄마가 오시기로 했어."

"에이, 장모님도 좀 쉬셔야 하는데, 미국에서 고생 많이 하셨잖아."

"괜찮아. 엄마는 나랑 있는 게 좋대. 그리고 하루라도 지후 안 보면 돌아가실 것 같다던데? 그러니까 내가 오히려 효도하는 거야."

"하여간 내가 당신하고 말싸움해서 어떻게 이겨?"

"그럼 이기려고 했어?"

"네네, 알았어요. 아무튼 아직 몸도 온전하지 않으니까, 살살 해. 알았어?"

"당근이지. 이제 막 들어온 신입한테 뭐 그렇게 힘든 일 시키겠어? 아무튼, 나 오늘부터 출근해요. 윤찬 씨 오늘 아침에 회진 있잖아. 어서 가. 난 천천히 가도 돼."

"알았어. 그럼 이따가 병원에서 봐."

"응."

그렇게 소아외과 전문의 윤이나가 본격적으로 연희병원에서 근무하기 시작했다.

♥

온순한 소아외과 과장실.

첫 출근을 하게 된 윤이나가 인사차 온순한 소아외과 과장실을 찾아왔다.

"어서 와요, 윤 교수!"

온순한 과장이 반갑게 윤이나를 맞아 주었다.

"네, 과장님! 처음 뵙겠습니다."

"네네. 정말 정말 반갑습니다! 이렇게 존스홉킨스의 에이스를 영접하게 돼서 영광이에요."

"어휴, 아니에요. 사실 제퍼슨 교수님이 계시니 에이스는 아니고……. 넘버투 정도요?"

헤헤헤, 윤이나가 능청맞게 손가락 두 개를 펼쳐 보였다.

"하하하, 제퍼슨 교수님이시라면 연세가 꽤 되시지 않습니까? 곧 은퇴하실 분인데, 그러면 당연히 윤 교수가 넘버원이죠!"

"호호호, 그렇게 되나요? 뭐, 그러면 제가 에이스 한번 해 볼까요?"

한국에 있을 때보다 훨씬 여유만만해진 윤이나였다.

"그럼요! 에이스이고 말고요! 아무튼 우리 병원에 오신 걸 진심으로 환영하고 또 환영합니다."

온순한 과장이 양팔 벌려 윤이나를 환영했다.

연희병원뿐만 아니라 대한민국 전체를 놓고 봐도, 소아외과 전문의는 그리 흔하지 않았다.

그런데 존스홉킨스에서 박사 학위를 취득하고 임상에서도

뚜렷한 족적을 남긴 윤이나가 제 발로 찾아온 것.

게다가 고운대병원, 서운대병원에서 고액의 계약금을 제시했음에도 불구하고 윤이나가 이 모든 것을 뿌리쳤으니, 온순한 과장 입장에선 어찌 반갑지 않겠는가?

온순한 과장은 관우의 청룡언월도, 장비의 장팔사모를 얻은 기분이었을 것이다.

"어떻게, 방은 마음에 드십니까? 내가 신경 쓴다고 썼는데?"

"네네, 완전 만족합니다."

"그래요. 지금 방이 여의치 않아서 그런데, 조금만 기다리시면 좀 더 큰 방으로 옮겨 드리겠습니다."

온순한 과장이 윤이나를 극진하게 대접했다.

"아, 아니에요. 지금 방이 아담하고 맘에 들어요. 저 휑하니 넓은 방은 별로거든요."

"앗! 그렇습니까? 아무튼, 필요한 거 있으면 언제든지 말씀해 주세요. 제가 힘닿는 데까지 도와드리겠습니다."

"네, 그렇게 할게요."

"좋습니다! 우리 병원에 익숙해지실 때까지 당분간은 적응 좀 하시고 진료는 다음 달부터 시작하시죠."

"아니에요. 어차피 저도 연희 출신이니까 적응하는 데 크게 어려움은 없을 거예요. 바로 진료 보도록 하겠습니다."

"어휴, 그래도 아직 시차 적응도 완벽하지 않으실 텐데,

괜찮으시겠어요?"

온순한 과장이 고개를 갸웃거렸다.

"괜찮아요. 시차 적응은 이미 다 했고요. 미국이나 여기나 환자 보고 치료하는 건 마찬가지예요. 딱히 적응할 건 없습니다."

"그래도……."

"괜찮아요. 놀면 뭐 해요? 다들 바쁜데, 한 손 거들어야죠."

"하하하, 하여간 정말 대단하십니다. 그러면 윤 교수 뜻대로 하세요. 일단, 오늘 저녁은 우리 애들이랑 상견례부터 합시다. 제가 거하게 한번 쏘겠습니다. 오늘 소고기 쏩니다!"

"아뇨. 저 미국에 있을 때 소고기는 아주 신물 나게 먹었거든요. 저 삼겹살 먹고 싶어요. 삼겹살 사 주세요!"

"아니, 그래도 이왕 먹는 거 좋은 거 사 드리고 싶은데……."

"괜찮아요. 저도 삼겹살 먹고 싶어서 그래요. 진짜로요."

"하하하, 알았습니다. 그럼 그렇게 합시다. 애들 시켜서 삼겹살집에 예약하라고 할게요. 솥뚜껑 삼겹살, 아주 기가 막힌 곳을 압니다."

"네네, 좋아요. 너무너무 기대되네요."

솥뚜껑 삼겹살이란 말에 윤이나가 눈을 빛냈다.

며칠 후.

그렇게 연희병원 소아외과 교수, 펠로우, 수련의들과 정식 인사를 마친 윤이나.

특유의 상냥함과 붙임성으로 존스홉킨스 출신이라는 위화감 없이 금세 사람들과 친해질 수 있었다.

그렇게 윤이나가 어느 정도 연희병원 생활에 적응할 즈음, 그녀가 첫 환자를 맞이하게 되었다.

다음 권으로 이어집니다

武人還生

윤신현 신무협 장편소설 무인환생

끝나지 않는 환생의 굴레
이번엔 마지막 여정이 될 수 있을까?

죽으면 새로운 육체로 다시 시작되는 삶!
천하제일인? 무림황제?
무인으로서 할 수 있는 건 다 해 봤건만……

"또야? 또냐고!"
"대체 왜 자꾸 환생하는 거야!"

어떤 삶도 대충 살았던 적은 없다
오로지 나를 위해 살아왔지만
이번엔 다른 이들과 함께 살아가 볼까?

수백 번의 환생 경험치로
절대자의 편안한(?) 무림 생활이 펼쳐진다!

악가의 무신

서준백 신무협 장편소설

『빙의검신』의 작가 '서준백'
그가 써 내려가는 진정한 협의 기치!

정파의 거두 태양무신이 목숨을 바쳐 지켜 낸 강호
하지만 그가 남긴 유산들로 인해
무림은 다시금 혼란에 빠지는데……

**태양무신의 유산을 완성하는 자,
천하를 오시하리라.**

혈란이 종결되고 17년 후,
신의가 사라진 무림 한구석

"……망할 개잡놈들!"

태양무신 천휘성,
산동악가의 장손 악운으로 눈뜨다!

태양무신의 유산을 회수하여
야망에 물든 자들의 시대를 끝장내라!

우리 교황님 좀 말려 주세요

판미손 퓨전 판타지 장편소설

비정상 교황님의
듣도 보도 못한 전도(물리) 프로젝트!

이세계의 신에게 강제로 납치(?)당한 김시우
차원 '에덴'에서 10년간 온갖 고생은 다 하고
겨우 교황이 되어 고향으로 귀환했건만……

경고! 90일 이내 목표 신도 숫자를 달성하지 못할 시
당신의 시스템이 초기화됩니다!

퀘스트를 달성하지 못하면 능력치가 도로 0이 된다고?
그 개고생, 두 번은 못 하지!

"좋은 말씀 전하러 왔습니다, 형제님^^"
※주의※ 사이비 아닙니다, 오해하지 마세요!